汗血公路

亚尔斯兰战记

④

〔日〕**田中芳树** 著

杨雅雯 译

人民文学出版社

PEOPLE'S LITERATURE PUBLISHING HOUSE

著作权合同登记号：01-2019-0637

图书在版编目（CIP）数据

亚尔斯兰战记. 4 /（日）田中芳树著；杨雅雯译
. — 北京：人民文学出版社，2021
ISBN 978-7-02-015007-6

Ⅰ.①亚… Ⅱ.①田… ②杨… Ⅲ.①长篇小说 – 日
本 – 现代 Ⅳ.①I313.45

中国版本图书馆CIP数据核字(2019)第019410号

责任编辑　卜艳冰　　李　殷
装帧设计　汪佳诗

出版发行　人民文学出版社
社　　址　北京市朝内大街166号
邮政编码　100705
网　　址　http://www.rw-cn.com

印　　制　山东新华印务有限公司
经　　销　全国新华书店等

字　　数　80千字
开　　本　880毫米×1230毫米　1/32
印　　张　6.125
版　　次　2021年4月北京第1版
印　　次　2021年4月第1次印刷

书　　号　978-7-02-015007-6
定　　价　39.00元

如有印装质量问题，请与本社图书销售中心调换。电话：010-65233595

主要登场人物

亚尔斯兰……帕尔斯王国第十八代国王安德拉寇拉斯三世之子

安德拉寇拉斯三世……帕尔斯国王

泰巴美奈……安德拉寇拉斯三世之妻、亚尔斯兰之母

达龙……追随亚尔斯兰的万骑长，人称"战士之中的战士"

那尔撒斯……追随亚尔斯兰的前戴拉姆领主。未来的宫廷画家

奇夫……追随亚尔斯兰，自称"旅行乐师"

法兰吉丝……追随亚尔斯兰的女神官

耶拉姆……那尔撒斯的侍童

伊诺肯迪斯七世……入侵帕尔斯的鲁西达尼亚王国国王

吉斯卡尔……鲁西达尼亚国王之弟

波坦……效忠于鲁西达尼亚国王的依亚尔达波特教大主教

席尔梅斯……戴银面具的男子。帕尔斯第十七代国王欧斯洛耶斯五世
        之子，安德拉寇拉斯三世之侄

身穿深灰色衣服的魔道士……?

撒哈克……蛇王

奇斯瓦特……帕尔斯的万骑长，别名"双刃将军"

告死天使……奇斯瓦特所饲养的老鹰

亚尔佛莉德……轴德族族长之女

克巴多……帕尔斯的万骑长，独眼龙

沙姆……帕尔斯的万骑长，目前追随席尔梅斯

加斯旺德……追随亚尔斯兰的辛德拉人

梅鲁连……亚尔佛莉德的哥哥

鲁项、伊斯方、萨拉邦特、特斯……新近加入亚尔斯兰麾下的人

伊莉娜……马尔亚姆王国的内亲王

爱特瓦鲁……本名为艾丝特尔，鲁西达尼亚的少女见习骑士

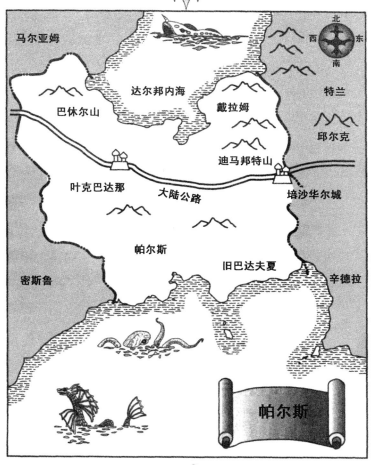

马尔亚姆

达尔邦内海

戴拉姆

特兰

巴休尔山

邱尔克

迪马邦特山

叶克巴达那

大陆公路

培沙华尔城

帕尔斯

旧巴达夫夏

辛德拉

密斯鲁

帕尔斯

目　录

第一章　东方之城、西方之城

I

大量全副武装的士兵和军马，挤满了纵穿帕尔斯王国东部边境的数条道路。

帕尔斯历三二一年四月，正值鲜花绽放、蜂蝶飞舞的季节。大路的两边种满了马醉木、红荆、芍药、罂粟、紫花地丁、雏菊、桃花、金盏花等五彩斑斓的鲜花，花瓣一片片飘散在策马奔驰的骑士们的铠甲上，呈现出一种奇特的美感。

他们的目的地是由红砂岩筑成的培沙华尔城。目前帕尔斯王太子亚尔斯兰正以这座城为根据地，紧锣密鼓地筹备着出兵征伐侵入帕尔斯国土的鲁西达尼亚大军。亚尔斯兰四处散发檄文，各地那些痛恨着鲁西达尼亚军的暴虐却无计可施的诸侯、领主闻讯纷纷召集起部队赶往亚尔斯兰身边。

他们在培沙华尔城的西面会合，在河上架起浮桥，络绎不绝地聚集到王太子的麾下。

从黎明直到日落时分，培沙华尔的城门都大敞着，不断地将一群群闪着光的铠甲吞入城中。领兵的人们将马停在面对着广场的露台下方，除去铠甲以表对亚尔斯兰的敬意，有的人昂首挺胸，有的人竭尽全力地报上了自己的名字。

"臣乃雷伊城主鲁项，此次响应殿下檄文号召，愿与殿下一同将鲁西达尼亚侵略者逐出国门，还望殿下恩准。"

"臣乃欧克萨斯领主姆瑞鲁之子萨拉邦特。奉年迈多病的家父之命，前来追随亚尔斯兰殿下。若能得到殿下应允，实乃臣之大幸。"

"臣乃蒙安德拉寇拉斯陛下荣封万骑长的夏普尔之弟，名为伊斯方。此番愿代亡兄前来为殿下效命，誓将除尽鲁西达尼亚人，一雪杀兄之仇。"

"吾名为特斯，在南方的萨拉担任守卫队长，此次率一众同志前来投效殿下，请殿下准许我们同行。"

像这样报上姓名的骑士们陆陆续续带着部下来到亚尔斯兰身边。

鲁项今年已经超过五十岁，体格健壮，态度落落大方，有着深灰色的头发和胡须。萨拉邦特和伊斯方则同为二十岁出头。萨拉邦特身材高大魁梧，即使与达龙和奇斯瓦特相较也毫不逊色。他只在脸颊部位蓄起胡须，想必是为了掩盖自己的娃娃脸吧。伊斯方中等身高，全身肌肉仿若生在沼泽中的芦苇般柔韧紧致，有着一对琥珀色的清澈眼珠。特斯年纪不到三十，双眼好似银币一般，生得一副彻彻底底的战士相貌，一圈圈绕好的铁锁链挂在左肩。

万骑长夏普尔的弟弟伊斯方，别称"被狼养大的人"。这是在贵族或骑士的家中常常会发生的事——一家之主对女奴出手，使其诞下胎儿，而正妻则出于嫉妒，将可憎的女奴和她的儿子一同逐出家门。伊斯方两岁那年的冬天，他与母亲一起被扔在了山里。父亲明知此事，却为避免家中再起波澜而故作不知。

当年十六岁的夏普尔无法忍受父亲的冷血无情和母亲的残酷刻薄，策马奔向山中。也难怪后来他三十多岁就能升任万骑长。十六岁时，他便已经是一名出色的骑手了。他将粮食、装满水的皮水壶、御寒用的毛皮等物资载在马背上，好不容易才寻得母子二人。幼童还活着，他的母亲把所有衣服都裹在孩子身上，自己身上却只披着一件薄薄的单衣冻死了。夏普尔飞奔下马，只见两头狼夺路而逃。他以为幼童被狼吃掉了，没想到狼只是在幼童身边放了一只自己捉到的野兔。

就这样，伊斯方被哥哥救了回来，平平安安地长大了。夏普尔远赴王都担任武将后，他便代替哥哥留在故乡保卫家园。兄长之死令伊斯方悲痛欲绝又怒不可遏，但直到这一天前，他都未能寻得机会向鲁西达尼亚人复仇。

前来投奔王子的人们把广场挤得水泄不通，好不容易才在广场上列好了队。这时，房间通向露台的门缓缓开启了。

王太子亚尔斯兰出现在露台上，头戴黄金头盔，老鹰告死天使停在他的左肩上。今年九月他就满十五岁了。见到他的人，都会对他那双清澈夜空色的双眼留下深刻印象。

亚尔斯兰左侧站着奇斯瓦特，右侧站着达龙，这二人乃是帕尔斯引以为豪的两位万骑长。从制度上而言，帕尔斯军中，在国王和大将军之下设有十二名万骑长。但是在发生了亚特罗帕提尼惨败、王都叶克巴达那沦陷以及远征辛德拉这一连串变故之后，十二名万骑长中有人战死，有人下落不明，依旧能够确认健在的就只余达龙和奇斯瓦特二人。不过，仅凭此二人的武威便足以胜过千万大军。

"帕尔斯万岁！荣光与王太子殿下同在！"

萨拉邦特带头发出了震耳欲聋的喊声。其他的诸侯和骑士也随之唱和起来，震天动地的欢呼声充满了培沙华尔城的广场。春日艳阳映着无数指向蓝天的刀枪剑戟，光芒的海洋中波涛翻涌，形成了一幅比去年年底出征辛德拉王国前还要壮观的画面。

广场的一角，两名女性眺望着这幅景象。

"好壮观啊。"

由衷感叹着的红发少女就是亚尔佛莉德。另一位长发及腰、光泽仿若黑色绸缎的美女笑着答道："的确好壮观。或许那位大人能将帕尔斯变成一片王道乐土，虽然仍需等待时间之神的祝福……"

法兰吉丝面上绽开笑容，她那有如银色月光流淌在水晶杯中般的难以言表的华丽感就仿佛溢了出来。她乃是侍奉密斯拉神的女神官，又拥有精湛的武艺，令周围诸人尽皆相形见绌。

"说不定我们正站在历史的重大舞台上呢。到了很久很久以后，我们也会在吟游诗人吟诵的诗篇中登场吗？"

"亚尔佛莉德，眼下对你最重要的，还是和那尔撒斯大人的恋诗今后将会如何展开吧？"法兰吉丝不带恶意地揶揄道。

轴德族的少女一脸认真地陷入沉思。

"嗯，这当然没错。可是想想今年春天发生的事情，和我从前的生活完全是天差地别。我还是想多为王太子殿下尽一份力。"

"真是可靠。你有了这种自觉，不仅对王太子殿下，对那尔撒斯大人也会是一件好事。"

就这样，人越来越多，工作也渐渐多了起来。那尔撒斯和达龙都为工作忙得焦头烂额，连上次坐下来喘喘气，喝上一杯耶拉姆沏的绿茶也已经是许久之前的事了。

"说实话，那尔撒斯，我原本没期待过会有这么多诸侯聚集到殿下的麾下来。"

达龙先开了口，只见那尔撒斯微微一笑。

"我知道你在担心什么。你是在担心奴隶解放令会招致贵族豪绅的反感，导致没有人前来投奔王子吧？"

"没错。不管怎么想，他们都得不到任何好处。就算我了解殿下的善良，也明白这个决定的合理性，但是说实话，我也没想到你会以书面形式明确颁布那道废止令。"

在达龙看来，待到亚尔斯兰登上王位手握神圣大权之后再废除奴隶制也不迟，根本没有必要从一开始就如此坦率宣言。

听闻此言，那尔撒斯又笑了笑。

"诸侯们也有自己的想法和盘算嘛。那部奴隶制度废止令里也有一个微妙之处。"

那尔撒斯指的是废止奴隶制的前提条件。解放帕尔斯国内全部奴隶、禁止人口买卖是要在"亚尔斯兰即位为王之后",而不是现在立刻。自不必说,这乃是那尔撒斯刻意为之。首先,就算现在立刻实施也无法起到实质效果,搞不好还会导致那些希望奴隶制度继续存在的诸侯们倒戈鲁西达尼亚一方。

在诸侯们看来,能够推举为对阵鲁西达尼亚战线盟主的,除亚尔斯兰王太子之外再无其他人选。而亚尔斯兰王收复帕尔斯国土、登上宝座之时,诸侯们作为财产的一部分所拥有的奴隶们就要被全数解放了。这对诸侯们而言是一个巨大的矛盾。

再怎么说这是一场光复帕尔斯国土和王权的正义之战,如果最后会导致诸侯贵族们自己遭受重大损失,他们也绝不可能热心投身其中。要拉他们加入己方,就需要一点小小的手段。也就是说,让诸侯们产生如下的错觉。

"亚尔斯兰王子宣称即位后便会废止奴隶制度。但是,王子也需要借助诸侯们的力量。如果诸侯们为王子立下功绩,再团结起来一致要求保留奴隶制度,即使是王子想必也无法拒绝。没什么好慌张的,那道奴隶制度废止令迟早会化作泡影……"

听完那尔撒斯的解释,达龙愕然地看着好友。

"你这不是等于在欺骗那些诸侯吗,那尔撒斯?反正你根本就没打算接受他们的要求吧?"

"也可以这样理解。"

那尔撒斯坏坏地笑着，轻轻啜了一口绿茶。

"不过，诸侯们如何自己随意揣测，就都不是殿下的责任了。对殿下来说，正确的道路就只是凭借自己的实力和仁德光复国土，施行比旧时代更为公正的统治而已。"

改革并不是让所有人都同时获得幸福，过去不公正社会制度下的既得利益者必然会在改革中遭受损失。奴隶们获得了自由，就意味着诸侯们失去了拥有奴隶的自由。说到底，这只是一个更重视哪一方的问题，并不能让一切都变得比之前更好。

"达龙，我觉得亚尔斯兰殿下有一种不可思议的感召力。"

"这一点我完全认同。"

"所以，我设想着，在收复帕尔斯国土的这些年里，诸侯们的想法是否也会逐渐受到殿下的影响。能变成这样是最理想的，否则就又需要用到你的武勇和我的智谋了。"

II

士兵在短时间内急骤增加。培沙华尔城内已经容纳不下这么多人马，也有许多人在城外支起帐篷野营。

但是，召集来的士兵也不是越多就越好，如果召集了十万名士兵，每个月就需要九百万份粮食。军马也需要草料。军队这种组织不事生产，只会一味消费物资，所以原本应该将数量维持在最低限度的。

"唉，要是大家也能带来和士兵一样多的粮食就好了。"

那尔撒斯被王太子亚尔斯兰正式任命为中书令。中书令乃是王太子代替国王治国理政时，负责辅佐他的官职，事实上等同于宰相，地位优先于其他臣下，负责御前会议的书记工作，是一个极其重要的职位。中书令还需要负责起草各种公文，先前亚尔斯兰颁布的檄文也是由那尔撒斯作为中书令所起草的。

中书令那尔撒斯迅速对亦可称作帕尔斯王国临时政府的王太子府进行了组织化。

他首先将王太子府分为文治部门和军事部门，随后又把文治部门再细分为会计、土木等八个部门，在每个部门设专人负责。其中最重要的，就是会计部门的负责人人选。

那尔撒斯启用了一个名叫帕提亚斯的人担任会计总管，此人年纪三十上下，曾在大型商队中担任过副队长，还在南方港口城市萨拉的政府里担任过负责会计的书记官。过去那尔撒斯担任宫廷书记官时，从萨拉送来的文件突然变得条理清晰分明令他觉得很不可思议，曾派人专门调查过这些文件究竟是谁制作的。现在这位制作者帕提亚斯逃出王都，长途跋涉两个月来到了培沙华尔城，于是那尔撒斯立即委他以重任。帕提亚斯擅长算数、精于文书、对各地风土人情以及市场行情了如指掌，是一位不可多得的人才。

某一天，帮那尔撒斯处理文件的耶拉姆问道：

"那尔撒斯大人，后世之人将会如何评论亚尔斯兰殿下所做的事呢？"

"那就要由结果决定了。"

那尔撒斯冷静地答道。

"如果亚尔斯兰殿下作为一国的国王取得成功的话，想必会被评价为一位宽厚大度而重信守义的人。如果失败了，恐怕就会得到不顾诸侯们忠告，一意孤行推进改革，仅凭一时感情用事做出错误判断这类的评价吧。到底会变成哪一种，现在还预想不到。"

"一切都只由结果决定吗？"

"一国之君是个很辛苦的角色。他会得到什么评价，并不取决于他想做什么，只取决于他做了什么。一位国王最终被判断为明君还是暴君、善还是恶，不看他怀抱着什么样的理想，只看他为国家带来了怎样的现实。"

"真是苛刻……"

耶拉姆小声感叹道。那尔撒斯伸出一只手，拢起他那浅色的头发。

"可是，大概只有这种评价方式才是正确的，耶拉姆。"

否则，就会出现那种只顾自己一人的理想，不惜牺牲人民的国王了。那种只要出发点是好的，就算会失败会产生大量牺牲者也不在乎的国王，是无法救民众于水火之中的。当然，只为一己权势私欲觊觎王位之徒就不在讨论范畴内了。

"所以我才一点都不想当什么国王啊。我还是更喜欢轻松自在一点的生活，做国王的辛苦就让亚尔斯兰殿下去承担吧。"

那尔撒斯半开着玩笑，把视线再次落回到文件上。耶拉姆不想打扰他，便轻手轻脚地离开了房间。

忙碌的不仅是那尔撒斯一个人。担任侍卫的加斯旺德每天都会把毯子铺在亚尔斯兰卧室门口的地面上，整夜抱着剑睡觉。随着亚尔斯兰阵营的兵力急骤增长，培沙华尔城内到处都有陌生面孔走来走去，难保没有与鲁西达尼亚军勾结的刺客混杂其间。

白天，法兰吉丝也一直守在亚尔斯兰身边，不允许可疑人等接近王子。然而她终究是一位女性，晚上要回自己房间休息。过去抱着剑睡在亚尔斯兰卧室门口的是猛将达龙，但是最近万骑长的本职工作越来越忙，守卫王子的工作就由加斯旺德接替了。

这原本没什么，但是某一天晚上，对培沙华尔城人生地不熟的萨拉邦特原本准备返回自己房间，却走错路来到了亚尔斯兰门前，差一点踩到加斯旺德，被不分青红皂白地大声呵斥了一顿。

在加斯旺德看来，这只是对王太子忠诚心的表现，别无他意。然而从萨拉邦特看来，却觉得这个外国人完全仗着自己身为王太子的亲信就狐假虎威，蔑视新来的人。加斯旺德的帕尔斯语还不够熟练，语气听起来很严厉也是导致误解的原因之一。萨拉邦特不由得怒火中烧，用长靴狠狠跺着地板咆哮道："区区一个外国人，竟以王太子亲信自居，也太放肆了。快滚回你自己的国家养水牛去吧！"

听到这种激烈的侮辱，加斯旺德的表情有些抽搐，一股血气涌上头顶，浅黑色的面庞霎时变得通红。他向前迈了一步。

"你再说一次试试！没礼貌的家伙！"

"太有意思了，黑狗居然变红了。"

帕尔斯人辱骂辛德拉人的时候，常常称对方为黑狗。

帕尔斯语并不是加斯旺德的母语。他想狠狠骂回去，一瞬间却说不出帕尔斯语来。于是他深深吐出一口长气，用辛德拉语还击道："闭嘴！我是黑狗的话，你又是什么。你那张蠢脸，简直就和偷吃完草料呼呼大睡的时候被勒死的驴子没什么两样！"

萨拉邦特听不懂辛德拉语，可是对方看起来明显不像是在夸他，于是他也气血上涌，脸红得不输给加斯旺德。他狠狠瞪着面前的辛德拉年轻人，把手搭在大剑的柄上。

"辛德拉黑狗！我要教教你什么才是文明国度帕尔斯的礼仪。给我拔剑！"

话音刚落，他的大剑已有半截出鞘。加斯旺德也不是接到挑战还会面露惧色的人。他也拔出剑来，两个人也不管场合地点，就准备在王太子卧室门口一决胜负。

这时，亚尔斯兰正和耶拉姆一起在那尔撒斯的房间里学习绢之国的兵术，不在自己的房间中，所以也不知道发生了这么大的骚动。

两柄剑正要交击的瞬间，昏暗的空气中突然发出了"咻"的一声。加斯旺德和萨拉邦特慌忙向后一跳，只见一枝长枪插在二人之间的地面上，长长的枪柄还在晃动。

掷出长枪的人沉默不语地出现在二人的视野中。正欲开口咆哮的两个人看到是他，一瞬间竟发不出声音来。

"奇、奇斯瓦特大人……"

萨拉邦特一脸肃然地立正站好。绰号"双刃将军"的奇斯瓦特几乎可以说是他心中的武神。同时奇斯瓦特的地位亦高于加斯旺德。双刃将军站在血气方刚的二人之间，静静地开口。

"王太子殿下的愿望，乃是大家能够相互协调包容。你们应该都知道这一点的。同为效命于殿下之人没有必要为无意义的小事流血争斗，使得亲者痛仇者快。"

"可是，此人太无礼了！"

奇斯瓦特锐利的视线落在异口同声谴责对方的两人脸上。

"不服的人就由我奇斯瓦特充当对手，我可以用左右手分别和你们二人同时较量。怎么样，要不要试试看能否取走双刃将军的首级？"

奇斯瓦特说的话前后自相矛盾，他自己也明白这一点，可是，无论在威严、气势还是名声上，加斯旺德和萨拉邦特都毫无反驳他的余地。二人心有不甘地收剑回鞘，互相为自己的无礼道歉后便各自退下。当然，他们的和好并非出于真心，在那之后他们每次视线相交，都会"哼"的一声把头扭开，不过眼下总算是避免了一场争端。

III

"有必要在正常做法里混进一些奇招险招，虽然一直都是如此。"

那尔撒斯把十几张地图摊在地上，盘腿坐在其间，自言自语般地轻声说道。达龙坐在他的对面，同样盯着地图。

鲁西达尼亚人的入侵究竟会在帕尔斯历史上留下一个重大的转折，还是作为一个单纯的事故结束，恐怕就要由这一年决定了。亚特罗帕提尼大败和王都叶克巴达那沦陷无疑是一场悲剧，但是也有很多手段能够弥补损失。那尔撒斯已经开始有了更远的构想——将鲁西达尼亚人赶走之后，要在帕尔斯这片土地上重新建立起一个什么样的国家。

在远征辛德拉期间，那尔撒斯派了一百余人回到帕尔斯境内，命他们绘制帕尔斯的详细地图。他往每一条道路上各派了几个人前去调查，再提取出他们每人提交的报告的长处归纳在一起，从而得出一份细致周全的地图。

"无论是多么辽阔的国度，只要有一张地图在手，我就能为殿下夺取这个国家。"

那尔撒斯曾这样向亚尔斯兰禀告。那尔撒斯的策略和战法看似奇迹，但究其本质却来自对状况的正确认知和判断。而要做到这一点就要了解国内外的风土人情，收集各种相关情报。只要有一张地图，那尔撒斯就能在脑海中描绘出一张准确而清晰的风景画。

"可是，一旦他本人提起画笔，为什么会画得那么惨不忍睹呢？莫非不能像头脑一样随心所欲地控制手指吗？"

好友达龙一边感到有些不可思议，一边专注地看着地图，认真思索着在某处如何埋下伏兵、沿着某条路绕到敌人背后等等用兵技巧。

"绝不能允许内部形成派系，无论多么坚牢的组织都会由派系之争导致分裂。"

那尔撒斯向王太子这样谏言。如果从以前——就算这样说，事实上也只不过是从去年秋天亚特罗帕提尼会战后开始，总之从以前就一直追随亚尔斯兰的人，与新近投入亚尔斯兰麾下的人各自形成派系分庭抗礼的话，就无暇与鲁西达尼亚军作战了。而自从加斯旺德和萨拉邦特事件发生之后，这就更加变成一个亟待解决的问题了。

"那尔撒斯说得没错。前几天，加斯旺德和萨拉邦特也差一点就拔剑自相残杀。究竟该怎样做，才能避免让那些新来的人产生不满呢？"

"是啊，所以眼下先换一位中书令，您看如何呢？现任的这一位太年轻，还没有足够的威信。"

亚尔斯兰瞪大了眼睛，随即笑了出来。现任的中书令，不就是那尔撒斯自己吗？

"那么那尔撒斯觉得，谁更适合担任中书令一职呢？"

"承蒙殿下许可，臣斗胆以为鲁项可以胜任此职位。他较其他人更为年长，为人谨慎处事周到，在诸侯之中颇具人望。"

"那尔撒斯觉得由他担任中书令比较好吗？"

"臣认为他是最佳人选。"

"那么就依那尔撒斯所说的来决定吧。"

就这样，那尔撒斯只担任了半个月中书令就卸任了，他新就任的职务是军机卿，直接听命于王太子亚尔斯兰，负责军令与军政事务——简而言之，就是依旧担任军师的工作。军机卿的地位当然比不上中书令，但在战场上却是最为重要的职务。

那尔撒斯并不在乎地位高低，只因为他需要调动军队、制定战略、运用战术的权限，才出任军机卿一职。但即便是这个职位，如果其他人想要，他也会毫不犹豫地拱手出让，因为那尔撒斯最想担任的职位是宫廷画家。

中书令这个职位最需要具备的条件，与其说是智谋，不如说是人望。此外还需要年龄、地位、威严、经验以及知名度等诸多条件均达到某个程度以上。那尔撒斯的足智多谋在帕尔斯国内人尽皆知，但他曾从安德拉寇拉斯王的宫廷出走，招致了旧体制下许多贵族豪绅的厌恶。

如果负责亚尔斯兰阵营整体统筹管理的中书令遭到己方厌恶排挤就难办了。虽然那尔撒斯也可以从一开始就不担任这个职位，但有时也是需要"退位让贤"这种形式的。

而当军队和政权逐步组织化之后，像奇夫这样以风为马以云为鞍，云游四海飘忽不定的人，就会感到有些不够惬意了。远征辛德拉时他的为将之才已经得到了证明，但他从气质上就对向人发号施令或是听命于人等事感到麻烦和难以忍受。如果是亚尔斯兰王太子或军师那尔撒斯的命令姑且还好说，换作那些徒有地位的诸侯贵族可就尤其使唤不动他了。

　　"我对王太子殿下的帮助要远比你们这些人大多了。别来得晚还摆那么大架子！"

　　奇夫默默这样想。事实上，他意识到自己产生了这种想法的时候，忍不住自嘲地喷了喷嘴。一直自由自在，与帕尔斯的蓝天清风为伴，不追随任何主君的自己，居然今后都会作为某人的臣下终此一生，这令他不禁感到有些不可思议。

　　奇夫耸了耸肩，走出房间来到露台上，弹起了琵琶。那堪称梦幻般的美丽旋律从他的指尖流淌而出，连远处那些素来性情粗莽的士兵也忍不住侧耳聆听。

　　最先说出"解放王亚尔斯兰"这个称呼的就是奇夫。这个容貌秀美、内心却扭曲难缠的青年对亚尔斯兰本人抱有相当深的兴趣和好感，可是若要因此成为组织中的一员，被卷进复杂麻烦的人际关系的话，那就恕他敬谢不敏了。

　　而比亚尔斯兰还要勾起他更多兴趣的法兰吉丝，则摆出一副"我能接受任何环境变化"的态度，显得悠然自若。亚尔佛莉德有时缠着那尔撒斯和耶拉姆吵架斗嘴，有时又追着法兰吉丝和她学习武艺书法。每个人都抱着自己的思绪，有条不紊地为一天天接近的夺还王都之日做着准备。新加入亚尔斯兰麾下的伊斯方和萨拉邦特也刻苦地磨炼着剑法，训练着自己的爱马，等待着出阵的日子。

刚刚担任中书令一职的鲁项，虽然并不是为了地位而前来投效亚尔斯兰的，但得到如此高的评价毕竟令他欣喜不已。自不必说，他对亚尔斯兰和那尔撒斯都抱有满心好感，积极地投身于对亚尔斯兰阵营整体进行统筹管理的工作中。若由鲁项来协调诸侯之间的关系，对双方进行说服的话，没有人会违拗他的。

那尔撒斯的人事任命取得了漂亮的成功。鲁项巩固了亚尔斯兰阵营的内部，从而使那尔撒斯得以集中精力筹划对鲁西达尼亚的作战计划。此后的某一天，他把奇夫请来自己的房间，找他商量了些什么事情。讨论结束后，奇夫一脸爽快地出现在走廊上……

就这样，位于培沙华尔城的亚尔斯兰王太子军一步步逐渐完善阵容的时候，帕尔斯其他地区的状况也开始发生了一些变化。

IV

叶克巴达那——原本自英雄王凯·霍斯洛即位起，历经三百多年来一直都是帕尔斯的王都，然而从去年十月至今，这里却遭到了鲁西达尼亚军的武力占领。

鲁西达尼亚国王伊诺肯迪斯七世，被人背地里评价为"右脚踏在梦想之池，左脚陷入妄想之沼"。此人并没有身为一国统治者所需的实力和才能。原本就算不上强大的鲁西达尼亚王国之所以能够灭掉马尔亚姆王国，占领帕尔斯王国，全是王弟吉斯卡尔的功劳。

王弟吉斯卡尔同时身兼鲁西达尼亚宰相以及全军最高司令官。如果少了他，政府和军队都无法正常运转。鲁西达尼亚的政治组织和法律制度都尚未彻底完善，还有很多方面都需要依靠执政者个人的力量和才干。如果吉斯卡尔无能或是病弱的话，也许鲁西达尼亚早就已经灭亡了。

这一天，吉斯卡尔刚刚用过早餐，就接到了王兄的传召。一看到弟弟走进屋里，伊诺肯迪斯七世便张开了双臂。

"喔！我亲爱的弟弟啊！"

吉斯卡尔已经厌烦了这个开场白。在这段台词之后，肯定会紧接着一串难以解决的问题。自他作为国王之弟降生于世，到今年已经过了整整三十六年，而在这三十六年中他被王兄问到各种难题的记忆大概有一千次之多。在伊诺肯迪斯王看来，吉斯卡尔实在是一个可靠的难题解决专家，就算在他身上倾注再多的爱意也不足惜。——虽然对吉斯卡尔来说，这实在是麻烦透顶。

国王并不知弟弟此刻内心所想，自顾自地继续说道：

"帕尔斯国内的王党派似乎在计划一些不怕天罚的行径。依你看来，我们究竟该怎么办呢？"

"只要依照哥哥，不，国王陛下您所想的去做就好了。"

"我的？"

"正是如此。您是希望和他们开战呢，还是希望与他们讲和呢？"

吉斯卡尔坏坏地反问道。观赏王兄一脸惊愕的表情取乐，固然算不上一个太好的兴趣，但如果不是偶尔还能找到这种乐趣的话，他实在是做不下去王弟这种费力不讨好的差事了。而且，他还可以趁王兄惊慌失措的时候，整理好自己的思绪。

"啊，我有个好主意了。我们不是还有一个贵重的人质吗？"

"您说人质？"

"是，是啊，弟弟啊，你好好想想。帕尔斯国王不是还被我们囚禁在地下牢里吗？可以把那个人当成人质。我们告诉对方，如果还想留那人一命就尽快撤兵。这样他们就无法行动了。"

仿佛陶醉在自己的妙计之中一样，伊诺肯迪斯七世不断地把自己的双手张张合合。吉斯卡尔则在他面前板着脸陷入了沉思。弟弟的表情映在国王的眼中，却并没有进入他的脑海。

吉斯卡尔忍不住大感意外，没想到哥哥也不是笨蛋啊。伊诺肯迪斯七世的这个主意，吉斯卡尔早就已经想到过了。然而，吉斯卡尔心中还有更进一步的考量。被囚禁在地下牢中的帕尔斯国王安德拉寇拉斯三世的存在，如同一柄双刃剑。倘若将安德拉寇拉斯三世杀死，也可能会导致帕尔斯全军上下团结一致，投效到王位唯一继承人亚尔斯兰王子的麾下，反而造成更加棘手的结果。

"怎么样，这个主意不错吧，我的弟弟？"

伊诺肯迪斯王没有加上"亲爱的"这个形容词，他自豪地挺起包裹在一身刺眼颜色衣服下的胸膛。

"有值得考虑的余地。"

吉斯卡尔这样答道。安德拉寇拉斯王的性命乃是鲁西达尼亚最后的一张王牌，绝不能轻易用掉。

尤其是，除此之外还有一个导致情形更加复杂的要素——自不必说，那就是帕尔斯王妃泰巴美奈的存在。

泰巴美奈原本是鲁西达尼亚军的俘虏，作为人质的价值本应足以与安德拉寇拉斯匹敌。然而，他们却不能把泰巴美奈当作人质，因为鲁西达尼亚国王伊诺肯迪斯七世本人正对她陷入了深深的迷恋。

从吉斯卡尔看来，泰巴美奈显然不可能应允伊诺肯迪斯七世的求爱。无论她神秘的微笑背后藏着什么样的企图，她都绝对不可能真心爱上伊诺肯迪斯七世。吉斯卡尔是这样认为的，但伊诺肯迪斯七世本人可不这么觉得。问题就出在了这里。

"从抓住那个女人到现在已经过去半年了，差不多也该死心了吧。"

吉斯卡尔是这样想的，但伊诺肯迪斯七世当然不会这样想。

"我们鲁西达尼亚全国皈依依亚尔达波特神，可是从第一次布教起又过了五百年之后的事。为了获得泰巴美奈的心，无论要花上多少年，朕都绝不会放弃的。"

吉斯卡尔很想对王兄大吼，别开玩笑了。王兄可以无视现实一心流连在美梦之中，但是吉斯卡尔没办法和他一样。一国命运的责任全都压在了吉斯卡尔的双肩上。

"无论如何就靠你了，弟弟。现在我要去向神祷告了。"

吉斯卡尔走出了国王的房间，王兄的声音从他背后传来。走廊上洒满了春天的阳光，吉斯卡尔却无心欣赏。

正在此时，一名男子走近吉斯卡尔身旁。来者乃是在吉斯卡尔手下负责处理具体政务的宫廷书记官欧尔加斯，他脸上表情阴暗，仿佛阴云密布的冬日天空。

"王弟殿下，属下此番前来是有要紧之事向您禀报。"

"究竟发生了什么？"

"是关于供水管道的事。"

"啊，是说先前被波坦那厮破坏的供水管道吗。修复工作有进展吗？"

欧尔加斯的报告并不太令人舒心。先前，大主教波坦逃离王都时，沿路破坏了王都北部的供水管道。虽然想尽办法贮存了足够王都使用一整个冬季的水，但是从春季入夏时，农耕所需的水量将会显著增加，严重的用水不足问题已经逼近到眼前了。吉斯卡尔的心情不禁变得更加沉重。

"马上就要进入枯水期了，修复工作需要更多的人手，但实在是……"

欧尔加斯叹了一口气。

这时，吉斯卡尔心中冒出了一个念头。索性放弃王都叶克巴达那，把它交给王太子亚尔斯兰的军队算了。

吉斯卡尔原本就对帕尔斯的国土或是对叶克巴达那这个城市都没有太多的留恋。既然供水管道已经被波坦破坏了，叶克巴达那即将随着炎夏的降临陷入干旱，那么也没有必要执着于叶克巴达那了，不是吗？

将帕尔斯人留在叶克巴达那城内的金银财宝悉数运走，再将叶克巴达那付之一炬。将此处的居民也作为鲁西达尼亚人的奴隶一并带走。待到亚尔斯兰赶来叶克巴达那时，他能得到的也不过是一座被烧毁的空城而已。想必他们会很失望吧。

"这个方案说不定值得认真考虑一下。暂时退往帕尔斯境外，等到亚尔斯兰束手无策的时候再重新乘虚而入，不是也很好吗？"

不管怎么说，这毕竟不是一个能够立刻实行的方案。眼前，吉斯卡尔暂且先允诺欧尔加斯增派两千名工人参与修复工作，随即便命他退下了。

"真是的，事情也太多了。征服了帕尔斯之后，麻烦事居然比领土增得都多。原本不该是这样的。"

吉斯卡尔终于不用再顾虑任何人的目光，大声啧了啧舌。如果不将派去修复供水管道的士兵们召回，就没有兵力应对亚尔斯兰的进攻了。究竟应该哪一边优先呢？

看来依亚尔达波特神似乎不准备将安息赐予他忠实的信徒。这一天，当金灿灿的太阳从天空当中渐渐向西方沉下去的时候，一名来自西方的传令兵走进了叶克巴达那城门。此时，吉斯卡尔仍然还未结束工作。

"禀告王弟殿下。前些日子，银面公子打下了叛徒们占据的萨普鲁城。属下奉命即刻前来向殿下禀报。"

"哦，打下来了吗？"

吉斯卡尔微微瞪大眼睛点了点头。无数个问题之中，总算有一个得到解决了。

V

别名银面公子的席尔梅斯率兵包围了萨普鲁城的同时，正式迎来了春天的降临。

圣堂骑士团在第一次出击中折损了两千余名士兵，随后便躲进了难攻不落的要塞之中。席尔梅斯想尽各种办法想将他们引诱出城，怎奈他们一直闭门不出。不管怎么说，圣堂骑士团是被孤立的，只要耐心等待他们自生自灭就可以了，然而席尔梅斯无法一直悠闲地按兵不动。亚尔斯兰率兵出击的报告已经传到他的面前了。席尔梅斯召来前帕尔斯万骑长沙姆，与他商讨对策。

"沙姆，你听说安德拉寇拉斯那小杂种的事了吗？"

"臣已经听说亚尔斯兰殿下举兵一事了。"

"殿下这个称呼，是只用于称呼正统王族的。"

席尔梅斯丢下这句话，便交叉双手陷入了沉思。在他被卷入鲁西达尼亚人之间的内讧，在荒野中率军围城的时候，亚尔斯兰已经稳步积累了兵力，确立了自己作为帕尔斯王党派盟主的地位。席尔梅斯也必须尽快攻下萨普鲁城，建立自己的根据地才行。他凝视着在荒野的耀眼阳光中有些模糊的萨普鲁城城墙，对曾经的万骑长问道。

"沙姆啊，到底要怎样才能把那些躲在城墙里的脏兮兮的沙漠耗子赶出来呢？你有什么好办法吗？"

一缕阳光映在银面具的表面上，折射出七色的彩虹。此刻，沙姆眺望着幻影般的风景。继承了亡父欧斯洛耶斯五世的王位，堂堂正正君临于王宫中和战场上的年轻国王的身影，在空中若隐若现。

"认真想来，这位大人也很不幸。无论是武勇还是智谋，如果能接受良好的培养，或许也能成长为一名优秀的国王。"

沙姆心中浮起一阵感伤，却并没有将自己的想法说出口。他明白，席尔梅斯所想要的是敬畏和服从，并不是同情。席尔梅斯并不知道沙姆心中所想，他沉默了片刻，抬起手放在银色面具上。沙姆惊讶地看着他。

"席尔梅斯殿下……"

"现在这里没有别人。如果不偶尔透透气的话，连完好的那半张脸也要腐烂掉了。"

他自言自语地说罢，便解开了银色面具上的搭扣，将原本的容貌露在风中。沙姆早已做好了心理准备，心中却仍然微微浮起了一丝畏惧之情。白净清秀的左半张脸与布满红黑色溃烂烧伤的右半张脸的落差，就算是知道这件事的人也难免会为之震惊。

只看着席尔梅斯清秀的左半张脸，沙姆再次下定了决心。他要帮助这位大人，将鲁西达尼亚人赶出帕尔斯，收复国土、重建和平。倘若可能的话，他还要防止席尔梅斯和安德拉寇拉斯王，或是亚尔斯兰王子之间产生不必要的流血之争。他虽获安德拉寇拉斯王授予万骑长之位，被委以守卫王都叶克巴达那的重任，却没能完成自己的任务，竟然还苟活了下来。只要自己还有一口气在，就绝对无法停下痛苦的脚步。

"萨普鲁城内没有水井，仅靠三条供水管道获取饮用水。目前这些地下供水管道的位置也已经查明，请您立刻命令士兵们前去挖掘吧。"

"是要在水中投毒吗？"

"不，若在水中投毒的话，这些水就无法饮用了。如果攻占这座城之后不能立刻并且长期居住在此的话，就没有攻下它的意义了。"

"确实如此。那么，到底要怎样做呢？"

沙姆淡淡地对席尔梅斯说出他所构想的作战计划。听罢，席尔梅斯用力点头。

"好，就这样吧。我会采纳你的计划。"

席尔梅斯深深地信任着沙姆。将沙姆纳为臣下之后，席尔梅斯从未有一次怀疑过他。想必他认为一国之君应该足够宽宏大量吧，但与此同时，他也绝不会饶恕背叛自己的人。

萨普鲁城里，身为绝对独裁者的大主教波坦正在向骑士们和士兵们说教。他站在教坛上挥舞着双手，唾沫横飞地高声叫道：

"这座城乃是一座天然要塞，况且还有依亚尔达波特神的神圣加护，邪恶的异教徒绝无可能入侵。我们要以这座城为根据地，在人世间建立神之王国。汝等即将作为神之使徒参加圣战，务必保持荣耀恭谨之心。神之圣影永远在汝等上空。"

骑士们和士兵们纷纷感动不已，泪水溢满眼眶。然而，其中自然也有例外。

"什么圣战啊。没有女人，又不能喝酒，连财宝都不能据为己有，非要在这种荒野上赌上性命战斗到底有什么意思啊？"

也有人这样小声窃窃私语。不过，没有人逃出城去。城中有着严密的监视，城外又有帕尔斯人安营扎寨，根本不可能逃亡。

波坦终于结束了他的说教，正准备走下教坛的时候，惊叫声突然从城内的蓄水场处传来。

"起火了！火流过来了！"

异样的叫声使得骑士们面面相觑，他们匆忙奔向蓄水场。他们看到了惊人的一幕。熊熊烈火正随着水流一起涌出用水管道。

这是沙姆采取的战术。他把油灌进地下水道，并将其点燃。

在地下水道里，水面距离天花板之间充满了空气，因此火焰不会熄灭。

烈火随着水流不断涌出，蓄水场是由石头和木材筑成的，火从水面上继续蔓延到木材上，整个蓄水池被红色和金黄色的火焰染得闪闪发光。

冲到蓄水场的波坦意识到这是帕尔斯人的计策，不由得咬牙切齿。

"可恶，这些异教徒，竟如此狡猾！"

破口大骂也并不能令事态有所改善。烟雾迅速弥漫到了整个城内，鲁西达尼亚士兵们不禁惊慌失措。他们拔出佩剑，拿起长枪，但也无济于事。

"灭火！快灭火！"

就算有人这样喊着，可是乱浇水也只会继续让火势扩大。

混乱之中，一箭乘风飞来，深深刺进指示众人灭火的骑兵脸上。骑兵惨叫翻滚着掉进了蓄水池，转眼间便在火焰和水柱之中消失了踪影。鲁西达尼亚人尚未从惊愕中回过神来，从其他地下水路中冒出的整群铠甲又映入了他们的视野。他们瞬间陷入了恐慌。

"异教徒入侵了！"

席尔梅斯跃马上前，手起剑落，高声大叫着的鲁西达尼亚骑兵被这一剑斩在左肩，登时鲜血四散，惨叫着跌倒在地。

站在走廊中的大主教看到帕尔斯人闯入城内，不由得大吃一惊。他曾经拷问、杀害过无数异教徒和异端，却从未与手持武器的对手正面交战过。他大声下令"挡住他们！挡住他们！"，不知何时消失了影踪。其他骑兵虽然也惊慌失措，但仍然纷纷拔剑出鞘。

"神啊，请守护我们吧！请赐予我们打倒邪教徒的力量！"

这是一场充满血腥的骇人战斗。圣堂骑士团被逼得走投无路转为防守，但他们并没有向异教徒投降。他们边在口中吟唱着神圣之名，边挥剑向帕尔斯人袭去。剑与剑交击，枪与枪纠缠，整座城中充满了金属撞击的声响。仍被拴在马桩上的马儿受到血腥气和火焰的惊吓，疯狂地嘶鸣。铺满石板的地面上溅满鲜血，而死伤者就倒在这些血迹之上。

"波坦在哪里？不要放走波坦了！"

席尔梅斯一边命令，一边不停地挥舞着长剑。不管自称"帕尔斯正统国王"的席尔梅斯在其他方面有哪些缺点，至少他绝不是一个懦夫。非但如此，在帕尔斯历代国王之中，应该也很少有如此勇猛的人物。

一名圣堂骑士团员手持细枪向他刺来。席尔梅斯将盾牌往左一举，挡开了枪尖，右手中剑光一闪，斩断了对方的咽喉。紧接着，又有一柄需用双手挥舞的厚刃长刀从另一个方向挥落下来。席尔梅斯巧妙地闪过了这一击，让对方扑了个空，随即将手中沾满鲜血的长剑一挥。随着仿佛切开哈密瓜的一声脆响，第二名圣堂骑士团员的胸甲被一分为二，利刃深深刺进了他的身体。

银面具的前后左右鲜血四溅，在空中化作了一片红色的雾。被斩落的头颅在地板上弹跳，被砍断的手臂飞舞在烈火和浓烟之中。

紧随在席尔梅斯身后的帕尔斯骑兵，也纷纷挥舞武器击向鲁西达尼亚骑兵。其中尤以查迪斩杀敌人最多。过去他与达龙一对一交手惨败后，就放弃了剑术，改为使用能够更加充分发挥他蛮力的武器。现在他双手中挥舞着一根巨大的棍棒，这根棍棒乃是由栎木制成，外面裹着一层牛皮加以强化，还在前端钉了数枚粗钉子。如果狠狠挨上一下，头盖骨会被砸碎，连眼珠都会随着冲击力飞出眼眶。

鲁西达尼亚骑士的尸首在查迪四周堆成了一座小山。

怒号和惨叫声响彻了萨普鲁城的中庭、回廊、高塔、城墙之上，鲜血和火花染红了骑士们的视野。

圣堂骑士团根本就没有设想过敌人侵入城内的可能性。他们深信陡峭的岩山和双层的铁门是绝不会被攻破的。他们还深信既然当初靠着截断城内帕尔斯军的粮草才使他们开了城，那么在他们自己贮存的食粮还充足期间也是不会有任何问题的。

只靠信仰和勇气是无法抵御帕尔斯人猛烈攻势的。有人大叫着冲下了通向城门的台阶，于是其他所有人也跟在他身后。他们想要逃到城外去。

VI

城门敞开了。在帕尔斯部队和浓烟的追逐下，鲁西达尼亚人纷纷连滚带爬地逃出城外。厚重的双层城门之外，是帕尔斯的骄阳似火。人们突然从昏暗的城中来到外界，眼睛无法立即适应刺眼的强光，一时间失去了视力。

鲁西达尼亚人像潮水般源源不断地涌出城外。长官高声命令他们重整队形，但根本无法立刻恢复秩序。他们虽然试图排出阵形，可是人潮不断从城门中涌出，场面混乱不堪。

"放箭！"

沙姆一声令下。负责指挥别动队的他从一开始就让弓箭队瞄准城门口待命。

箭雨从天而降，冲出城的圣堂骑士团员们一个接一个倒在地上。但这丝毫没有减弱其余人的勇气，他们挥起剑，身上的铠甲铮铮作响，奋力冲向敌阵。

沙姆的战法极其巧妙。他命弓箭队暂停射箭并后退，看似招架不住圣堂骑士团员们的攻势一般。鲁西达尼亚人向前进一步，他们就相应地后退一步。鲁西达尼亚人的队列仿佛被吸住一般渐渐拉长了。况且此处还是全无一处遮蔽物的平地，鲁西达尼亚士兵们还穿着厚重的铠甲，根本跑不了太久，很快就气喘吁吁地停下了脚步。

状似败退溃逃的帕尔斯兵一齐停下了脚步，有条不紊地重新整起队列，向明显减慢了冲锋速度的圣堂骑士团员们乱箭齐射。第一轮齐射过后便有百余人倒了下去，其余人慌忙举起盾牌抵挡如雨点般射来的箭。

此刻，沙姆率领着一队骑兵从侧面冲向他们。圣堂骑士团团员们为抵挡箭雨将盾牌举到了头上，侧面自然失去了防备，面对袭来的刀枪束手无策。

信仰心和勇气终于耗尽了。鲁西达尼亚军阵形彻底溃散，士兵们纷纷落荒而逃。他们丢下手中的剑和枪，甚至脱下铠甲丢在地上，仓皇逃窜了。

沙地吸满了圣堂骑士团团员们的鲜血，变得潮湿黏稠。

萨普鲁城被攻陷，挂在城头上的神旗也被扯了下来。

俘虏之中大多数圣堂骑士团团员都被带到了席尔梅斯面前。席尔梅斯看着这些伤口还流着血、被绑得像家畜一样的俘虏，向他们问道：

"波坦去哪儿了？那个半疯的教士躲在哪里？"

他预备活捉波坦。把波坦抓住之后，用皮绳把他像捆野兽一样捆起来，牵着他穿过荒野一路徒步走到王都叶克巴达那，交给和波坦水火不容的王弟吉斯卡尔。吉斯卡尔一定会喜出望外地将波坦处死吧。让鲁西达尼亚人、让依亚尔达波特教徒彼此憎恶，在庸俗的野心下自相残杀，实在是一幅令席尔梅斯心情愉悦的景象。

然而，一百四十余名圣堂骑士团团员中没有一个人开口回答。事实上他们并不知道波坦的行踪，但他们就算知道，恐怕也不愿告诉席尔梅斯。

"这是依亚尔达波特神在考验我们这些信徒的忠诚。我们绝不能背叛大主教。"

"哼，原来你们的神不靠这种考验就无法确认自己的信徒是否忠诚吗？"

席尔梅斯冷笑了一声，这个被紧绑着的骑士双眼中浮现出狂热的光芒。他抬起沾满鲜血的脸，一脸陶醉地朝着某个看不到的存在说道：

"神啊，请赦免我们的罪吧。我们为剿灭世上一切叛神的异教徒，让世界成为神之王国而战，这本是我们的责任，但无能的我们却败给了邪恶的异教徒。事已至此，至少能再以我一命换异教徒一命也好。神明在上，愿您明鉴！"

令人难以置信的事情发生了。那名骑士明明受了连起身都困难的重伤，但他却仿佛快被火焰烧到背后的野兽般一跃而起，撞向席尔梅斯。

席尔梅斯一个没防备，顿时失去了平衡，踉跄着向后退了一步单膝跪在地上，连带着铠甲也铮铮作响。说时迟那时快，另一名骑士扑了上来，用自己的脚绊住席尔梅斯的脚，想要绊倒他。

这个瞬间，席尔梅斯的长剑发出一声可怖的长啸，一剑砍飞了第一个骑士的首级，又刺入第二个骑士的侧头部。鲜血喷涌而出，短促的惨叫回荡在四壁之间。

"把这些家伙全都杀掉，一个不留！"

席尔梅斯咆哮道。查迪正要重新把俘虏们带走，席尔梅斯想了想又叫住他：

"不，如果有宣誓放弃信仰依亚尔达波特神的人可以留他一命。"

然而，一百四十名骑士都非常虔诚，没有一个人放弃信仰，尽皆诵唱着神之圣名赴死。

行刑结束后，查迪显得对血腥气有些厌烦，他问席尔梅斯：

"您还要检查一下首级吗，殿下？"

"不用了，我不想整天对着疯狂信徒们。"

"您看其他人该怎样处置为好？"

"一个一个斩首也太麻烦了。"

一道暗淡的光从席尔梅斯的面具上闪过。

"就让他们死在沙漠里好了。反正没有粮食也没有水，把他们丢在沙漠里迟早会全部死光的。如果有人能保住性命，那才算是依亚尔达波特神的庇护。无论他们下场如何，都不再关我的事了。"

命令立刻被执行了。活下来的鲁西达尼亚士兵们被夺去了武器、马匹、铠甲等一切装备，也没有带上水和粮食，就被赶进了沙漠之中。其中大多数人都受了伤，也没有人给他们治疗。

俘虏的总数高达两万人。其中宣誓归降王弟吉斯卡尔的一万两千人被饶过一命，其余的人尽皆战死或遭到处刑，萨普鲁城的圣堂骑士团势力被一扫而空。

当城中进行着血腥的处决时，城外西方一法尔桑（约五公里）处，正有一队人影策马疾驰而过。

那就是依亚尔达波特教大主教兼异端审问官波坦。方才的混战之中，他丢下了萨普鲁城，丢下了拼命作战的骑士们，只带着寥寥几名随从逃出了城外。

"可恶，可恶，给我走着瞧，你们这些异教徒、异端者、叛教者！蔑视神和圣职者的人，迟早都会被地狱的业火烧成灰烬！"

波坦恶狠狠地朝渐渐暗沉下去的天空大声诅咒着。身边一名骑士询问他接下来要去哪里，波坦双眼中射出刺眼的光。

"马尔亚姆。我们去马尔亚姆。那里还保有足够多的军队和纯正的信仰。我们要在那里重振军力，一定要对愚蠢的伊诺肯迪斯、可恶的吉斯卡尔，还有那个混账银假面降下天罚！"

就这样，靠牺牲了大量信仰坚定的骑士才保住自己一条小命的波坦，在胸中熊熊燃烧起复仇的火焰，逃往了西方。

第二章　来自内海的客人

I

铅灰色的天空映照在铅灰色的水波之中。

朝阳缓缓浮上东方天空之前，黑夜和黎明颜色平衡的瞬间，天空下的万物都失去了色彩。然而，闪耀的朝阳立刻又把大海和天空染成了一片蔚蓝。

勤劳的渔夫和制盐工人们已经结束了一天的工作，聚集在只由房顶和柱子搭成的集会场所喝起了早茶。他们一边把砂糖点心和无花果干送进嘴里，一边谈论着诸如家里太太变胖了、街上酒馆来了个漂亮女人可惜有了情夫等等闲言碎语。

突然，一个渔夫站起身来，其他人也随他一起把注意力集中到了远处的地平线上。顺着他所指的方向望去，出现了一叶白色的船帆。

"哎，那船帆，从方向上看不是马尔亚姆的船吗？"

"嗯，应该就是了。最近这可是很少见啊。"

帕尔斯和马尔亚姆之间，过去也曾因国境问题以及达尔邦内海湖上支配权问题发生过纷争，但最近五十年来都维持着和平关系。两国互换了大使，借由船和商队进行贸易往来，吟游诗人和马戏团也常常来往于两国之间，达尔邦内海也因此成了和平之湖。

然而，两国间从去年起便断绝了交流。理由自不必说，马尔亚姆比帕尔斯更早遭到了鲁西达尼亚的侵略，已经无暇与帕尔斯继续通商了。

从前，内海港口还驻扎着负责收缴税金、取缔走私、救助海难的官员，现在他们已经撤回了叶克巴达那，而过了不久，帕尔斯也遭到了鲁西达尼亚的入侵。现在除了渔夫，已经没有人还会在达尔邦内海上行船了，港口也不断地继续萧条。

达尔邦内海虽然是一个湖，水中却含有大量盐分。以前帕尔斯和马尔亚姆两国曾对它进行过共同测量，结果显示，达尔邦内海东西宽一百八十法尔桑（约合九百公里），南北宽一百四十法尔桑（约合七百公里），并且会随时间涨潮退潮。对居住在岸边的居民来说，它和真正的大海并没有任何不同。不仅如此，据说有戴拉姆居民去南方旅行时见到真正的大海，还发自内心地感叹："喔，南方不是也有片挺大的湖吗，虽然比达尔邦内海还是逊色了不少。"

南方的人们嘲笑戴拉姆人的无知时经常会拿这个故事出来讲，戴拉姆人却无法理解为什么自己会被南方人嘲笑。

总而言之，此时此刻出现在戴拉姆内海岸的，是一艘马尔亚姆的军船。这艘桨帆船上除三根帆柱外，还有一百二十枝船橹，船头饰有他们崇拜的海神像，海神像的身体上却刺着一枝粗粗的箭，帆也有一部分被烧焦了。那是战斗的痕迹。

在渔夫们的注视之中，一艘小船被从桨帆船的侧面船舷处放了下来。说是小船，也足供二十人左右搭乘。一名全身铠甲闪闪发亮的中年骑士让水手们划船靠近岸边，随即用帕尔斯语叫道："我们要见有身份的人。我们是从鲁西达尼亚人魔掌中逃出来的马尔亚姆人。这里有没有领主或是地方长官之类的人在？"

直说的话，就是不想和你们这些身份低微的人说话。渔夫们心中略感不快，但还是一脸为难地面面相觑着。

"喂，怎么办啊？"

"要是那尔撒斯大人还在的话，他就会指点我们了。"

"就是，那尔撒斯大人又被赶出了王宫，现在到底怎样了呢？"

直到三年前为止，戴拉姆都是一个名叫那尔撒斯的诸侯的领地。但自从年轻的领主被国王安德拉寇拉斯三世逐出宫中，他便交还了领地，独自隐居。此后戴拉姆就成了国王的直辖领地。但是在这片土地上，前领主那尔撒斯的人望，远比素未谋面的国王高。

"是啊，那尔撒斯大人似乎想当一位画家，可是画家不是那么好当的，但愿他不会饿死在哪条路边上。"

"他头脑好又有学问，不管怎么说，他从小就过着大少爷的生活啊。"

"不过，哎呀，毕竟还有耶拉姆跟着他嘛。"

"是呀，那孩子能干又可靠，肯定不会让那尔撒斯大人饿死的。"

他们虽然毫不顾忌地取笑着前领主，但话语中依然能听得出对他的敬爱。总而言之，既然那尔撒斯不在，也就无法仰仗他的智慧了。他们必须要靠自己做出决定。

"算了，总之先去向官员报告一下吧！"

他们总算想起了从王都派来的官员。正是该辛苦一下官员的时候了。

"那么，谁去告诉他们一下吧！那帮除了逞威风之外什么都不会干的懒人肯定还在睡觉，不过别管那么多了，把他们敲起来吧。"

接到渔夫们的报告，戴拉姆的地方官员们慌忙赶往内海岸边。

帕尔斯国土幅员辽阔，鲁西达尼亚军就算占领了叶克巴达那，对戴拉姆也是鞭长莫及。虽然之前侦察队似乎来过几次，放火烧毁房屋、破坏果树园，但也仅限于此，并没有大肆掠夺财物、虐杀居民，因此渔夫们才能悠闲地喝着茶聊天。

马尔亚姆人热情地迎向前来的官员们。

"鲁西达尼亚的侵略者们应当是马尔亚姆与帕尔斯的共同敌人。让我们齐心协力打倒可憎的侵略者，匡复世间正义。"

"喔，这真是一件好事啊。"

回答未免有些愚蠢，但是问题之重大，的确令这些地方官员感到难以胜任。这种时候原本应当通过地方长官向王都叶克巴达那报告，等待上面下达指示，怎奈王都已经被鲁西达尼亚军占领了，国王和王妃也不知所踪。

戴拉姆地区的北方和西方面对内海，南方和东方被群山环抱，在地理上有着相当高的独立性。从内海上吹来的风带来了丰沛的雨水，使得土地肥沃，农作物丰盛。人们还能从内海中打鱼、晒盐。即使不离开此处也可以一辈子过得舒适富裕，因此居住在这里的人们气质也相当悠闲，很难严肃。

"算了，着急也没有用，暂且静观其变，过段时间应该就知道该怎么办了吧。"

连官员们也毫无紧张感，自上至下的人们都等待着山的另一边"局势发生变化"。

然而这种平稳的日子也终于被打破了。这一刻，在塔楼上监视着南方山路的士兵慌张地敲响钟声，向同伴们示警。

"是鲁西达尼亚人！鲁西达尼亚兵来袭了！"

叫声比起示警更接近哀号。士兵大叫着正要从塔楼上跑下来，这时，十几支箭向他飞来，其中一支射穿了他的咽喉。士兵高举着双手，头朝下重重地栽到了地面上。

II

侵入戴拉姆地区的，是鲁西达尼亚的大贵族鲁特鲁德侯爵的下属，其目的乃是侦察以及掠夺。自从亚尔斯兰公然起兵后，王弟吉斯卡尔公爵强化了对全军的管控，但这一队人马还是趁王弟不注意时来到了戴拉姆。

他们从俯瞰内海岸的山顶上，远远看到马尔亚姆的船驶来。

"那不是马尔亚姆的船吗！在这种地方，居然还能看到熟悉的身影啊。"

鲁西达尼亚军队长的声音中蕴含着惊讶与嘲讽。马尔亚姆已经被征服了，反鲁西达尼亚势力也散落在各处，就算有一艘马尔亚姆船出现在帕尔斯内海岸，也肯定只是一群流亡的幸存者，没有什么好怕的。

这支鲁西达尼亚军仅由骑兵组成，共计三百人。他们之所以会如此强横，是由于已经事先探知过戴拉姆的内情，知道此处并未驻有帕尔斯军。他们花了半天时间抵达了内海岸，上岸后立即露出了凶狠的獠牙。

"烧啊！烧光一切，杀掉所有人！异教徒原本就罪不可赦，那些身为依亚尔达波特教信徒却违背神的旨意与异教徒来往的家伙，更是一个都不能留！"

等不到长官下令，鲁西达尼亚兵就呐喊着加快速度冲上前去。戴拉姆人民的噩梦降临了。

鲁西达尼亚兵冲进村里，开始杀戮四散奔逃的人们。他们用枪刺穿老人的后背，挥剑砍上看上去是马尔亚姆人的女人的脖子。转眼间鲜血四溅，惨叫声不绝于耳，而这些让侵略者更加兴奋。

哭叫着的婴儿被抛上半空中，落下来的瞬间被枪刺透身体。

这便是鲁西达尼亚士兵虐杀"将灵魂出卖给恶魔的邪教徒"的手段。无论用多么残酷的手段对待悖逆他们神的人都没关系。家家户户的房屋都被点燃，躲避火势奔逃出门的人则在门口被箭射中，倒地身亡。

突然间，鲁西达尼亚人停下了他们那陶醉在血腥中的狂笑声。一名骑着马缓缓沿街道走来的旅人出现在他们的视线之中。此人身上并未披甲，腰间却挂着一柄又长又大的剑，吸引了鲁西达尼亚人的注意力。

这名旅人年纪大约三十来岁，体格被锻炼得高大健壮，一头漆黑的头发如果能再长一点，看起来一定会更像狮子的鬃毛。随性勾起的嘴角将他粗犷的面容、棱角鲜明的五官都衬托得略微柔和了一些。他一只瞎了的左眼，则呈一字形紧闭着。

此人正是前帕尔斯万骑长克巴多。克巴多本人自称"独眼狮子"，但比较广为人知的主要还是他的另一个外号"吹牛克巴多"。总而言之，现在的他只是一个没有主君也没有地位的流浪旅人。

之前通过旧友沙姆的介绍，他曾得到过一次追随席尔梅斯的机会，但他无论如何不愿留下。他似乎和席尔梅斯的性格相当合不来。于是，他打算去东方边境投奔正在集结兵力的亚尔斯兰王子，不过也没有任何人能保证他和亚尔斯兰就合得来。不管怎样，他准备先见见这位王子再说。

他本来要往东方前进，却不慎走上了一条通往西北方的路。

原本他就对这一带的地形不甚了解，再加上道路标志都被鲁西达尼亚军破坏了，当他发现自己走错路的时候已经到达了戴拉姆地区，需要翻过两座山岭才能走回正确的路上。这倒也是没有办法的事，可是一路上他都没有遇到什么美酒和漂亮女人，就想着至少找到其中之一后再往回走，于是便骑着马一路向前，来到了戴拉姆的城里。

鲁西达尼亚骑士们一拥而上，挡在了这名可疑的旅人面前。

克巴多表情悠然，没有一丝恐惧不安，独眼中反而闪起快活的光芒，打量着面前这些鲁西达尼亚骑士。

"你是什么人，要去哪里？"

鲁西达尼亚骑士们瞪大充血的眼睛诘问道。这并不能怪他们。无论是从相貌，还是从腰间那柄大剑看来，克巴多都不像是一个农夫或者商人。

"哼，看来这里似乎被神抛弃了啊。"

克巴多轻声自语。出现在他面前的没有美女和美酒，只有粗鲁的男人和鲜血。那也无所谓。克巴多快速地用帕尔斯语对鲁西达尼亚骑士们说了些什么——那是为不信帕尔斯诸神的野蛮人祈祷的话语。而不待话音落下，他已拔剑出鞘。

只见寒光一闪，鲁西达尼亚骑兵的头颅瞬间拖着一道鲜血的喷泉飞到了空中。这凌厉的一剑，令其余鲁西达尼亚骑兵不禁倒抽一口凉气。

凶手的声音依旧悠然自得。

"昨晚没睡好，平时一向温厚的我今天心情不太好。对你们来说，这就是一辈子最后一次的倒霉了。"

克巴多说的帕尔斯语鲁西达尼亚人只听懂了一半，但是他的行动已经把他的意图完全表现出来了。这个男人要违逆神之使徒——鲁西达尼亚骑兵。

剑与盾、铠甲与人体激烈撞击，鲜血和惨叫声化作一道瀑布敲击在地面上。对鲁西达尼亚人而言，这个独眼的帕尔斯人简直是灾厄的化身。大剑化为风的一部分，凌厉地袭向敌人，像割草般将他们扫落在地。几匹马转瞬间便失去了骑手，高声嘶鸣着逃向远处。

这一刻，同时发生了好几件事。鲁西达尼亚骑兵人数在克巴多的豪勇下不断减少，有五六名鲁西达尼亚骑兵从远处看到了这幅血腥的画面，想要上前援助同伴。他们站在一座山丘上，面前隔着悬崖，无法沿直线赶往交战地点。他们掉转马头，顺着坡度较缓的山路奔向山下，试图绕路赶往同伴身边。他们来到山下大路上，迎面撞上了一个人。此人骑着棕黄色的马儿，一身旅人装束，泛红的头发上包着黑布，看上去十八九岁，年纪尚轻。

"闪开！小子！"

骑士们用鲁西达尼亚语向他怒吼。比起话中的含义，那种蛮横的态度似乎更使年轻人"心头火起"。他默默举起挂在腰间的山羊号角，准准地砸在正要与他擦身而过的骑兵脸上。

鲁西达尼亚骑兵的鼻梁骨登时被打碎，短促地惨叫了一声，从马鞍上摔了出去。失去了骑手的马并未放慢速度，依旧从年轻人身边疾驰而过。

"你这混账，要干什么！"

其余鲁西达尼亚骑兵怒不可遏。他们仗着人多势众，举起利刃朝着年轻人一拥而上。

身手敏捷的年轻人并没有给敌人围住自己的机会。他迅速拉起缰绳，掉转马头跑开了。很快敌人就发现，他并不是逃走。鲁西达尼亚骑兵紧追其后，正要挥下利刃，却看到年轻人剑鞘中射出一道寒光，自下而上袭来。

这一剑从鲁西达尼亚骑兵的胸口一直斩到左肩，鲜血狂喷，骑兵登时向后仰去。随着鲜血和惨叫摔落地面的瞬间，不远处传来了同伴的马蹄声。原来，克巴多一人大杀四方，鲁西达尼亚骑兵们纷纷丧失战意逃到此处。

混乱席卷了一切。而待到混乱再度平息时，留在原地的只有浓烈的血腥气息和十个死了的鲁西达尼亚人以及两个活着的帕尔斯人。

III

"我叫克巴多。你呢？"

"梅鲁连。"

年轻人简短地报上了姓名。克巴多正觉得他态度有些冷淡时，不想他挑明了自己的身份。

　　"轴德族族长赫鲁达休之子。"

　　"喔，是轴德族吗？"

　　轴德族乃是威震帕尔斯中部及南部的悍匪一族，克巴多自然也听说过他们。

　　"所以，你在这种地方干什么？"

　　"找我妹妹。找不到妹妹我就不回故乡。"

　　去年秋末，轴德族族长赫鲁达休与女儿亚尔佛莉德时隔许久再次外出掠夺，但是过了事先说好的天数，他们却仍然没有回家。梅鲁连只带了寥寥数名部下外出搜索，第二天便在荒野中发现了父亲和族人们的遗体。另有一些身份不明的尸首，想必他们在此处发生了激烈的交战。可是，梅鲁连到最后都没有找到亚尔佛莉德的遗体。他将父亲的遗体运回家中，随即便不得不面对选出下一任族长——这个关系到全族命运的问题。

　　"那么，你来当族长不就好了吗？"

　　"不行。老爹留下过遗言，由亚尔佛莉德，也就是我妹妹的夫婿继承下一任族长之位。"

　　"你这个儿子为什么被无视了呢？"

　　"老爹不喜欢我。"

　　"因为你不可爱吗？"

　　克巴多原本只想开个玩笑，但他这句话似乎深深刺入了梅鲁连的胸口。他没有立刻回答，只是紧紧抿着嘴唇。过于极端的反应，让他的表情看起来像是快要由于不满而企图谋反一样。只见他嘴角两端下垂，中间噘起，表情显得极其危险。他原本生得眉清目秀，也反而更加强了这种危险的印象。

"你这是什么表情！"

梅鲁连曾好几次因此遭到喝醉的父亲殴打。妹妹亚尔佛莉德看不下去上前阻止，父亲只举起一只手便把她和哥哥一起打飞了。

每次清醒之后，赫鲁达休就会后悔自己打了女儿，但他从来没有因为殴打儿子而愧疚过。他认可梅鲁连的智谋与勇气，却公开宣称梅鲁连没有人望，所以无法成为族长。

由于这样那样的原因，父亲死后，梅鲁连必须把妹妹亚尔佛莉德带回故乡，或者带回妹妹已经死亡的证明。就算由他继任族长，也是那之后的事了。

梅鲁连说明了自己的情况后，两名旅人发现又有一群人徒步走向他们。一瞬间，他们差点拔出刚刚收回鞘中的剑，但他们很快就放下了戒备。来者从结果上而言是被他们救下的居民们。帕尔斯人和马尔亚姆人混在一起，有的人用带有戴拉姆口音的帕尔斯语，有的人用带有马尔亚姆口音的帕尔斯语，上前和他们搭话。

人群中还有一名中年马尔亚姆骑士。这名下半张脸完全被黑色胡须所覆盖的瘦削男子，用郑重其事的帕尔斯语邀请两位旅人到自己船上去。

两个原本素不相识也并非同行者的帕尔斯人就这样顺其自然

又别无选择地来到了达尔邦内海海岸。与此同时，马尔亚姆的军舰上放下的一艘小船刚好抵达岸边。一名衣装华丽的马尔亚姆女性走上前来，迎向克巴多和梅鲁连二人。

这位女性看上去六十岁有余，头发也开始花白了，但她身材依旧丰满，肌肤也充满光泽，腰也还没有驼，看起来充满了精力和智慧。

"初次见面，两位勇猛的帕尔斯骑士。"

"请问您是？"

"我是马尔亚姆王宫中的女官长，名叫乔邦娜。"

这位老妇人气概威严，就算说自己是女王，相信也没有人会感到意外。况且她还精通帕尔斯语，令人不禁猜测，她或许不仅是一名女官长，还拥有着更强的实力。

"那么，请问女官长有何吩咐呢？"

"我想请两位助我一臂之力。"

二人正要开口询问详情，只听带他们来到此处的那名中年骑士有些高高在上地问道：

"你们之前杀掉了不少敌人吧。"

"是的，杀掉了一百头狮子、一千个人，还有三十条龙。"

克巴多一本正经地说完，又好像突然想起来似的继续补充了一句。

"昨天晚上也杀了整整十只。"

"龙吗？！"

"不，因为睡在沼泽附近，有好多蚊子。"

一抹目中无人的笑容浮现在克巴多脸上。马尔亚姆骑士似乎意识到自己被耍了，一脸愠色地正要开口，女官长乔邦娜将他拦住，继续向克巴多问道：

"你经历过那么波澜壮阔的日子，想必现在很无聊吧？"

"不，也不会。只要有好喝的酒、想要宠爱的女人、该杀的敌人，日子就不会太无聊。"

在克巴多与马尔亚姆人交谈的时候，梅鲁连依然带着一脸不爽的表情遥望着远方，不理睬任何搭话。

女官长开始向他们说明详情。

原先，马尔亚姆与鲁西达尼亚一样，是一个信奉依亚尔达波特教的国家。马尔亚姆人和鲁西达尼亚人本应是居于同一位唯一真神荣光之下的平等同胞。然而，依亚尔达波特教内部还分有数个宗派，鲁西达尼亚所属的"西方教会"和马尔亚姆所属的"东方教会"四百多年来一直持续对立。

尽管说是对立，过去也仅仅止步于相互争论和彼此中伤，双方虽然关系恶劣，但依然维持着外交以及贸易往来，但两年前，两国之间却产生了一条无法修复的巨大裂痕。

鲁西达尼亚军突然越过边境，在短短一个月之内就攻陷了马尔亚姆全国。这完全是仰仗了王弟吉斯卡尔周全的准备以及杰出的行动力。而马尔亚姆国王尼可拉欧斯四世却是一个从未上过战场、只知逃命的懦夫。国王和王妃耶蕾诺雅被软禁在王宫中，得到了鲁西达尼亚人饶他们一命的承诺，在投降书上签了字。

然而，鲁西达尼亚人违背了承诺。在身为极端强硬派的大主教波坦唆使下，某天深夜，圣堂骑士团将马尔亚姆王宫团团包围，封锁了所有出口，将王宫付之一炬。

"若为神所愿，便能成事。若非神所愿，则必不能成。"

这是波坦最擅长的逻辑。依照他的说法，马尔亚姆国王的生死便全由神的旨意决定了。如果神愿为马尔亚姆国王降下恩宠，就会有奇迹出现，尼可拉欧斯夫妻便可免一死。

自然，奇迹没有发生。马尔亚姆国王和王妃被发现的时候，已经成了两具被烧焦的尸体。

鲁西达尼亚王弟吉斯卡尔勃然大怒。他并非对懦弱的马尔亚姆国王有所同情，只是一旦政治领袖立下的承诺能被宗教领袖随意破坏，将会使各国对鲁西达尼亚的外交失去信任。

在吉斯卡尔和波坦争执不休的时候，国王夫妻的长女米莉姿内亲王和次女伊莉娜内亲王在寥寥几名部下的护卫下逃出了王宫，躲进了位于达尔邦内海西北岸的亚克雷亚城中。

"这两年来，我们一直都坚守在那座城里，与鲁西达尼亚侵略者战斗……"

亚克雷亚城东方面对大海，西方是有毒蛇栖息的沼泽，北方则是断崖，仅余南方可供大军散开布下阵形。而与自然条件相应，城墙南侧也比其余三侧建得更高，城门也是双层结构，而且进城后还有另一道门。敌人若是冲进这片被高墙围住的广场，既无法继续前进，也无法立即撤退，只能被城墙上雨点般的乱箭射得七零八落。

两年后，鲁西达尼亚军才终于占领了这座城，而且也并不是靠力量将其攻陷的。

他们勾结了城中的叛徒，承诺"如果为鲁西达尼亚人打开城门，便保你们不死，还赏给你们地位和财产"才得以成功入城。

固守城中足足两年，兵力也有一定程度衰减。在某一夜，叛徒们向围在城外的鲁西达尼亚人发暗号，并在城内四处放起火来。一番混乱和流血之后，姐姐米莉姿让妹妹伊莉娜乘上船逃出城外，自己则从高塔上一跃而下……

"我们连续航行了五天才终于到达了此处。可是，鲁西达尼亚人的魔掌也伸到了这里。我希望你们能够帮助可怜的伊莉娜内亲王剿灭鲁西达尼亚军。"

IV

对于营救马尔亚姆公主的请求，克巴多并没有爽快地当即允诺。

"哎呀，想不到世上不仅有想复兴帕尔斯的王子，还有想重建马尔亚姆的公主。"

克巴多在心中略带嘲讽地暗自想着。

"再过段时间，世界上说不定就要充满想要重新建国的王子和公主了。要是鲁西达尼亚灭亡了，下次肯定还会出现想要再兴鲁西达尼亚的王子。"

很奇妙的是，克巴多这个人似乎能一眼看透事物的一部分本质。从大局上看来，历史上帕尔斯和马尔亚姆也曾灭掉过别的国家，杀死他们的国王。因果是会循环的。

尽管如此，也不能纵容鲁西达尼亚侵略者无法无天四处横行。鲁西达尼亚人要在鲁西达尼亚国内无法无天是他们的自由，但这里是帕尔斯。就算帕尔斯还有各种各样的问题，也应该由帕尔斯人自己对其进行改革，不能任由鲁西达尼亚人来血洗。

无论如何，现在也不能拒绝马尔亚姆人的请求。戴拉姆地区的民众也需要助力，共同打倒眼前的敌人。

虽然克巴多不打算拒绝，但他也不觉得自己就有义务干干脆脆地答应。

"最为关键的马尔亚姆内亲王殿下又是怎样想的呢？要打倒鲁西达尼亚人也不是不可以，但我想听到殿下的亲口命令。"

克巴多抬起独眼望向军船，马尔亚姆女官长闻言与骑士交换了一下视线。

垂幕向左右拉开，光线瞬间射进了船舱之中。伊莉娜内亲王坐在铺着天鹅绒的豪华座椅上，迎接两个帕尔斯人到来。

内亲王的脸上蒙着一层深色面纱，看不清她的容貌。以浅红色为基调的绸缎衣着中，透出淡淡的香料气息。

"一旦成了王族，就不能随随便便让下贱的人看到自己的脸了吗？"

克巴多回想起几天前曾与自己相遇又分开的席尔梅斯，也戴着银色的面具，不肯以真面目示人。面纱轻轻摇动了一下，从中传来一个清澈的声音。那是几乎不带马尔亚姆口音的标准帕尔斯语。

"据说帕尔斯兵强将勇，不知是否可以助我们一臂之力呢？"

"光是强大并没有什么用。"

克巴多冷冷答道。对自己的强大充满自信，和安于自己的强大而怠惰于继续努力是完全不同的两件事。半年前亚特罗帕提尼的惨败，不仅让克巴多，恐怕也让帕尔斯全军上下懂得了这个事实。

帕尔斯与鲁西达尼亚一战，不义的一方固然是入侵的鲁西达尼亚，但战败的帕尔斯也的确有些傲慢轻敌了。早在友邦马尔亚姆无故遭到侵略的时候，帕尔斯就应当预先做好准备。

"算了，现在再说这些也没有意义了。"

克巴多改变了话题。终究是要和鲁西达尼亚兵打上一仗了。就像他公开宣称的那样，他原本就喜欢打仗。只是，一份需要赌上生命去完成的工作，自然应该带来相应的报酬。

"今后的事谁都说不好呢，不过算了，眼下就先帮你们灭次火吧。不过这种时候，水也不能免费就是了。"

"你是说还要报酬吗？"

克巴多咧嘴一笑，迎上马尔亚姆骑士责难的目光。

"帮助穷人的时候，有时也只要收下无形的善意就够了。可是对有钱人说不需要报酬这种话，反而是一种失礼吧？"

"为什么觉得我们是有钱人……？"

"这世上可没有穿着绸缎的穷人啊！"

梅鲁连从一旁冷冷甩来这句话——这还是他第一次插嘴。在这之前，他一直用颇无好意的目光扫视着船舱内部那些豪华得仿佛不像军船的马尔亚姆风格装饰。

"世界上还有不少为了养育幼子或医治身染重病的双亲，不惜卖身风尘的女人。如果是这种女人，就算她不主动求我，我也会帮她。但是明明有钱却不肯表达感谢的人，我才没义务帮忙呢。"

梅鲁连尖锐的目光透过面纱射来，公主哑口无言了。

"我喜欢不起来那些高贵的淑女，就是因为她们总把别人为自己的奉献当作理所当然的事情。士兵战死是理所当然的，农民交税是理所当然的，自己过着奢华的生活也是理所当然的。"

梅鲁连抬起长靴，用鞋底跺着地板。

"而且，世界上真的有很多'白痴'。看到奴隶和平民吃苦受罪觉得是理所当然的，看到王公贵族吃苦受罪却觉得心酸可怜。漠然坐视奴隶饿死也不肯伸出援手的人，却肯把食物分给那些被赶到国外吃不饱饭的王子大人。可是啊，我为什么非要不收一分钱去帮助那些抛下民众、只带着财宝逃出故国的人呢？"

"你说够了吗？"

克巴多柔声问道，梅鲁连喘着粗气默不作声。船舱内一瞬间沉寂了下去，但这份沉寂随即便被马尔亚姆女官长乔邦娜打破了。她向二人提出了具体的报酬条件，与他们开始了交涉。

"好，现在以伟大的契约之神密斯拉之名宣告，契约成立了。"

"以依亚尔达波特神之名宣告。"

帕尔斯骑士与马尔亚姆女官长一本正经地确认了契约，却同时在心中怀疑着对方的神到底是否值得信赖。

V

克巴多预测待到夜色降临，鲁西达尼亚人就会再次来袭。身为万骑长，这种程度的战术预测他还是能够估计准确的。鲁西达尼亚人一方仍剩余二百八十骑左右的战力，而己方却只增加了两个人。只被赶走了一次，他们大概是不会不要脸地就此撤退的。

"他们一定会放火让民众惊惶动摇，同时也是给自己做记号。还有他们不熟悉这里的道路，所以肯定会沿着大路进军。"

自亚特罗帕提尼大败之后，这还是克巴多第一次指挥作战。那时克巴多率领着一万名精锐骑兵，而现在他手下却只有马尔亚姆的残兵败将和戴拉姆地区的农民、渔夫和小官员，合计三百人。

"这样也有这样的有趣之处啊。"

克巴多心中一边想着，一边将这些从未打过仗的人们配置在各处，对他们进行各种指示。眼见妻子孩子在自己面前惨遭杀害的男人们，胸中熊熊燃烧着不惜一切的复仇火焰，士气高涨。只要他们能严格遵守克巴多的指示，恐怕要比随随便便打过几年仗的士兵们更靠得住。

在头上包着黑布的梅鲁连，在连接着山顶与内海海岸的大路上设下了用木材搭成的栅栏，在栅栏前的地面洒上鱼油，并在鱼油上亲手撒满一种黑色的药品。

那是轴德族在袭击大规模商队时所使用的武器，将油脂与硝石、硫黄、木炭混在一起，再辅以三种秘药调和而成。一旦将其引燃，会瞬间产生大量火焰和烟雾，同时响起爆裂般的声音。如果再加上鱼油的话，简直再适合火攻不过。或许是方才已经将心中的不满和愤怒全部朝着马尔亚姆公主发泄掉了，他只是默默做着手头的工作。

当一弯月牙挂在夜空当中的时候，黑暗中响起了马蹄声。鲁西达尼亚骑兵们开始了反击。

伴着马蹄的隆隆轰鸣，近三百匹马从远处奔来。但对曾经统率一万名骑兵的克巴多来说，不过是一阵微风。

黑暗中，突然亮起几道微弱的光。点燃的箭矢撕裂夜空，射在树梢和木材上闪起金黄色的火焰，又反射在逐渐逼近的鲁西达尼亚骑兵盔甲表面，在黑暗中形成一幅骇人的画面。这一瞬间，梅鲁连射出的火箭也正好刺进了地面。

状况瞬间发生了天翻地覆的变化。火药和鱼油被点燃，转眼间便筑起了一道令人目眩的火墙，挡在突击而来的鲁西达尼亚骑士们面前。

"哇……"

"唔，这是……"

受惊的马儿纷纷直立起来，将他们身上的骑手甩在地上。火光中一连串的爆裂声将人们的耳朵震得嗡嗡发麻。马儿不断嘶鸣着，乱跑乱跳着，骑手们的制止也无济于事。

"散开！"

一个似乎是队长的骑士大叫起来。幸免于落马的骑兵们遵从命令，分别向左右两方掉转了马头。而与此同时，几名落马的骑士就很不幸地在同伴马蹄下丢掉了性命。

毕竟顾不了那么多。鲁西达尼亚骑兵在微弱的月光下跑向另一条路，试图绕向异教徒背后。

然而，克巴多和梅鲁连设下的陷阱还有第二、第三层结构。疾驰在另一条路上的马儿瞬间纷纷被拉在路中间的绳子绊倒，骑兵们从马鞍上被甩飞，重重地摔在地上。一片呻吟喘息声随即响起。他们忍着痛苦和盔甲的重量试图爬起身来，却突然又被从天而降的渔网当头罩下。

一股泛着腥臭的液体朝着这些被罩在渔网中依旧不断挣扎的鲁西达尼亚骑兵浇了上来。那原来是鱼油。鲁西达尼亚骑兵大声叫骂着试图逃出渔网，正在此时，一枝枝带火的箭矢射向了他们。火焰点燃了鱼油，熊熊燃烧了起来。

惨叫声响了起来。鲁西达尼亚兵瞬间化作了一个个火球，在大路上四处弹跳。要说残酷的话的确是很残酷，但白天才刚刚亲眼目睹了妻子孩子惨遭杀害的戴拉姆人毫不容情。他们挥起棍棒团团围了上去，不断狠狠打着这些被烧成火团的鲁西达尼亚兵，直到他们不再动弹。

奔跑在另一条路上的鲁西达尼亚兵发现树上有什么发光的东西正朝他们落下来，但那些东西只是粘在他们身上而已，他们也没有太在意，继续向前奔跑。他们看到一名身着马尔亚姆式盔甲的独眼骑士出现在他们前方。此人自然就是克巴多了。

这条道路十分狭窄，鲁西达尼亚骑兵无法从左右绕过克巴多前行，因此只能从正面与这名独眼男子一对一交战。

"该死的异教徒！我们要让你为之前的那些小聪明付出代价！"

第一名骑士挥舞长枪向他冲去。克巴多好整以暇地避了过去，随即回手一刀砍上鲁西达尼亚骑士近在眼前的颈项。随着一声异样的声响，头颅飞了出去，包裹在盔甲中的身体随之滚落地面，发出沉重的声响。而此时，第二名骑士已经从右肩到左腋下被一刀两断。

克巴多将手中的大剑垂直挥落、水平横扫、斜向砍去。而这一连串的动作都染满了鲜血。剑锋交击的声响不断激荡着克巴多的鼓膜。又过了片刻，随着一片绝望的惨叫，只有队长被留在原地，其余骑士都丢下队长仓皇逃窜。

被留下的鲁西达尼亚骑兵队长也显然是个有名有姓的人物。他迎向克巴多的动作镇定，没有一丝慌乱。为了让同伴们安全逃离，他甚至主动迎上前去，以一己之身面对克巴多的大剑。二人缠斗了十几回合，刀锋不断激烈撞击，火花四散。然而，二人实在是在根源的力量上就有着天壤之别的差距。终于，队长的颈项从大剑斩裂处喷出鲜血，落马身亡。

"太可惜了，武艺比不上他的勇气。"

克巴多望着地上的尸首喃喃说道，随即一脚踢上马腹，径直朝奔逃的敌人追去。

夜色依旧正浓，但鲁西达尼亚骑士们的盔甲上都粘着夜光虫，完全不用担心会追丢。六人，便是仅剩的全部敌人了。

单枪匹马的一人追在仓皇逃窜的六人身后，从一群手持短枪棍棒坐在路边的戴拉姆人身旁跑过。

克巴多大声咆哮。

"不要让他们跑了！追啊！"

只要让一个人逃掉，此处的内情就会从他的口中泄露给鲁西达尼亚军中枢部分。一人都不放过，鲁西达尼亚军就无从得知真相，即使要另想计策，也要花上更多时间。在这段时间，戴拉姆的居民们就可以加强防卫，也可以向亚尔斯兰王子所率的部队请求援助。

不能让一个鲁西达尼亚兵逃掉。这些戴拉姆人也明白这一点，但原本不习惯战斗的他们已经耗尽了精力和体力，只能瘫倒在地。

克巴多不得已，只好独自一人追上去。

紧追不舍。距离逐渐缩短。追上目标。超到敌人前面。

与队末敌兵擦肩而过的瞬间,克巴多抬手一刀,登时将鲁西达尼亚士兵的颈部一刀两断。泉涌般的鲜血随风化作一道殷红的瀑布,贯穿了夜空。

再一刀,另一名骑兵也被砍落马下。鲁西达尼亚兵已经失去了反击的意志,只是竭尽全力一心逃窜。跑在前面的四名骑兵和克巴多拉开了距离,一时间无法轻易追上。只能张弓放箭了。

身为一名万骑长,在剑、枪、弓等各种武器上自然都拥有过人之技。然而,即使都远远超过平均水准,依旧有着擅长和不擅长之分。克巴多较为不擅长的正是弓箭。自然,这也并不是说他技不如人。在实战中他也并未因此落过下风,他腕力过人,射出的箭矢足以贯穿敌兵身体。

就像是为了证明自己的腕力一般,克巴多张弓搭箭,先后将两名鲁西达尼亚骑士射落马下。第三支箭射偏了一点点,第四支箭又继续将第三名敌人也射落马下。

最后一名敌人在此刻已经就要逃出了弓箭射程了。克巴多咂了咂舌,放下了弓,他已经做好耐心慢慢追踪的心理准备,正欲继续驱马追赶,只见一团夜风冲了上来,与他并肩齐驱。

弓弦的鸣响尚未落下,远处已经化作一个小小白点的鲁西达尼亚骑士便一头从马鞍上栽落在地。克巴多从旁望着一脸不悦的年轻人放下手中的弓。

"你小子,身手还不错嘛。"

听到克巴多如此夸奖，轴德族的年轻人依旧一脸不悦地答道：

"我相信自己是全帕尔斯第二神箭手。"

"那么第一又是谁呢？"

"还没遇到过，可是我觉得一定会有一天在哪里遇到比我更厉害的神箭手。"

这家伙还真有趣啊——克巴多这样想着，完全没在意自己在别人眼中也是个有趣的人。只看弓术的话，这个年轻人估计也能当个万骑长了。

突然，梅鲁连拔出剑来，朝地面用力刺下。原来，刚才倒在地上的一个鲁西达尼亚骑士还没有完全断气，正准备一剑刺向梅鲁连复仇。

"我是轴德族的梅鲁连。如果你不甘心被杀，尽管化成厉鬼来找我偿命吧。"

梅鲁连恶狠狠地甩落沾在刀上的血迹。他的这句话，为这场血腥的战斗画上了休止符。

VI

入侵戴拉姆的鲁西达尼亚骑兵被一扫而空，戴拉姆暂时恢复了和平。克巴多大大方方地接受了戴拉姆当地居民们淳朴的感谢，收下了盛满当地产美酒的酒壶。随后，他便要求马尔亚姆人履行先前的承诺。先前他漂亮地全歼了鲁西达尼亚兵，对方也理应兑现承诺才对。

一开始，女官长还装糊涂。

"啊，你说的是什么事呢。最近太忙了，又受了些惊吓，我的记性不太好了。"

"真是难缠的老太婆。是你承诺给我们的谢礼啊，如果你忘了的话我也不介意提醒你一下。"

"喔，喔，要是你们干掉那些鲁西达尼亚人之后，自己也死掉了的话，就是最理想的结局了呢。"

"我可没有义务要为老太婆的理想献上生命。快履行承诺吧。"

就这样，克巴多收下了五百枚马尔亚姆金币和豪华的三层蓝宝石首饰。梅鲁连却说："我不收救助过的人的谢礼。轴德族的规矩是只收抢来的钱。"

他什么都没有收。轴德族似乎把世上的人分为救助的对象和殴打抢掠的对象两种。开战前他对身份高贵者大加非难，应该也与这种观念有关吧。

黎明即将降临，内海的地平线上浮起一道细长如剑刃的白光。克巴多拿了谢礼正要下船，却被一名年轻的女官叫住了。她告诉克巴多，伊莉娜内亲王正在船舱中等待他。伊莉娜公主将独眼的帕尔斯骑士迎入室内，低声对他说道："我有事想问你。如果你不吝于回答，我会很开心的。"

克巴多心想，应该就是那样吧。他喜欢女人，也相当受女人欢迎，却从来没想过会受到公主或王妃这一类女性的爱慕。

"听说你是帕尔斯王国的将军，那么你一定也很了解宫中的情况吧？"

"多少了解些。"

克巴多的回答非常简短。充满了壮丽奢华却虚荣浪费的王宫让克巴多待得很不自在。除非有重大的事情，否则他尽量不想靠近那里。

"你应该知道席尔梅斯王子吧。"

什么？这位公主大人刚才说出了谁的名字？即使豪勇如克巴多，也不由得大感惊讶，他再次打量着公主的脸。

深色的面纱阻碍了克巴多的视线。克巴多清了清嗓子，再度确认道：

"您所说的席尔梅斯王子，是先王欧斯洛耶斯陛下留在世上的那位王子吗？"

"你果然知道。是的，就是父亲被暴虐无道的安德拉寇拉斯所杀害的那位王子，也是帕尔斯真正的国王。"

克巴多不知该如何回答，他凝望着蒙面的公主那自豪的样子。

"您为什么要问席尔梅斯王子的事呢，内亲王殿下？"

"因为他是一位对我非常重要的人。"

伊莉娜内亲王毫无羞赧之色地答道，随即抬起手来，缓缓摘下面纱。马尔亚姆的公主第一次在克巴多面前露出了真实的容貌。她的皮肤过于白皙，脸庞线条纤细秀丽，有着一头古铜色的头发。而眼睛的颜色——则无从得知了。公主的双眼紧紧闭着。或许是感受到了克巴多的反应，她平静地问道："女官长没有告诉你，我的眼睛看不见吗？"

"没有，我现在才刚刚知道。"

克巴多忍不住在心中咒骂着女官长，还真是一个难缠的老太婆啊。

"这样说来，想必您不知道席尔梅斯殿下的相貌了。"

"我知道席尔梅斯殿下的脸上受过严重的烧伤。可是，对我一个盲人来说，无论他相貌如何，都无关紧要。"

原来席尔梅斯王子是为了遮掩脸上的烧伤才戴着那副银色面具的吗？克巴多完全明白了。可是，假如席尔梅斯真的匡复了正统王位，之后难道也一直要用面具遮掩起原本的容貌吗？

"克巴多大人，在我十年前与席尔梅斯王子相遇之后，他便成了唯一深深铭刻在我心中的人。我想见他，请助我一臂之力好吗？"

"您知道席尔梅斯王子的为人吗？"

"他性格相当激烈，却只对我一个人很温柔。这样就够了。"

盲眼的公主斩钉截铁断言道。克巴多再次不知该如何回答了。席尔梅斯虽然怀抱强烈的复仇心，却没有残酷地对待过年幼又失明的马尔亚姆公主。

"可是，虽然似乎有点像追问私事了，您见到席尔梅斯殿下之后准备怎样呢？这样说可能不太好，但是他的性格可能不太适合继承帕尔斯王位……"

"席尔梅斯大人不是帕尔斯的正统王位继承者吗？如果那位大人不能继承王位，帕尔斯就要和鲁西达尼亚、马尔亚姆一样，变成一个没有正义也没有人道的国家了。不是吗？"

克巴多轻轻耸了耸他宽阔的双肩，然而盲眼的公主自然是看不到的。

"恐怕席尔梅斯王子就是这样想的吧。"

"你另有不同的看法吗？"

"每个人都有各自的看法嘛。"

克巴多简短地答道，避免将话题引向更深。盲眼的公主显而易见地陷入了深深的迷茫，不该再由旁人说三道四了。

自然，克巴多的想法与她有所不同。

他认为，虽然自己会吃牛羊肉，但也并不是因为牛羊做了什么坏事。世界上的事情是不能只靠片面的正义去简单下定论的。如果席尔梅斯和伊莉娜重逢并且结婚，想必会生下一位热爱正统和正义的王子。

克巴多知道席尔梅斯在哪里。他应该正在西方的萨普鲁城与圣堂骑士团作战。可是，伊莉娜内亲王若想到达那里，就必须从被鲁西达尼亚军占领的地区通过。

克巴多一点都不想被卷进麻烦之中。总而言之，这个世界上最麻烦的事就是别人的恋爱纠缠了。尤其是一方是那个席尔梅斯王子，另一方又是马尔亚姆的公主，接近他们无异于举着火把在鱼油里游泳。

"请让我考虑一下。"

平素豪爽果断的克巴多难得地只留下了一个暧昧的答复便起身离去。再继续留在这里的话，总觉得忍不住就会答应她的要求了。

他走出船舱来到甲板上，遇到了女官长乔邦娜。她见到克巴多走来，便在嘴角绽开一个得意的笑容。这个难缠的老妇人想必已经完全知悉自己和内亲王的对话了。克巴多再次强压住想要咂舌的心情，正欲转身离开，突然发现梅鲁连正站在乔邦娜身边盯着自己。

"怎么了，有什么话要和我说吗？"

梅鲁连依旧一脸不爽，声音也满是不爽，说出的话却令人意外。

"带公主去见那个席尔梅斯的任务，交给我也没关系。"

"喔……"

克巴多重新打量起这名轴德族年轻人。梅鲁连努力故作面无表情，但他年轻的脸颊微微泛起红潮，也不肯双眼直视克巴多。情况显而易见了。轴德族的年轻人也接到了同样的请求。

"你妹妹怎么办，不去找她没关系吗？"

"我妹妹眼睛看得见东西。"

"唔，原来如此。"

看来你爱上那个公主了——克巴多没把这句台词说出口。毕竟他代替克巴多接受了这个麻烦的任务，如果再嘲弄或是讥笑他，会招致密斯拉神降罪的。他没有千里眼，又不是超人，自然无从得知席尔梅斯王子就是杀害了梅鲁连父亲的人这个事实。

"那么，你就去吧。每个人都有自己该回去的家和该走的道路。"

克巴多停了片刻，又补上了一句。

"席尔梅斯王子身边有一个名叫沙姆的男子。他是我的老朋友，是一个通情达理的人。倘若你见到他，只要报上我的名字，他应该就不会为难你。"

"你不去见他吗？"

"这个啊……我想我们恐怕没有机会太友好地重逢了。总之，如果见到他的话，就帮我向他带个问候吧。就说克巴多现在过得很有克巴多的样子。"

言毕，克巴多告诉梅鲁连，席尔梅斯王子目前应该就在萨普鲁城附近。梅鲁连点了点头，光芒在他的眼瞳里跳动。

"席尔梅斯王子长什么样子？"

"不知道。"

"你没见过他吗？"

"见过他的人，可是没见过他的脸。"

梅鲁连似乎在克巴多的话语中感到了一丝不同寻常，他无言地扬起眉头。克巴多补充道：

"你看到就明白了。他总是戴着一个银色的面具，从不露出真正的容貌。"

听闻此言，梅鲁连的眉头挑得更高了。他心中的疑问似乎愈发深刻了。

"为什么要这样做呢。既然没做过坏事的话，堂堂正正地把脸露出来不就好了吗。我们轴德族就算在抢劫和放火的时候也都是露着脸的啊。"

"他脸上似乎有一片严重的烧伤。"

克巴多这句简短的说明虽然只触及了事实的表面，却让梅鲁连当场就接受了。

"那真是令人同情啊。"

梅鲁连低声自语着，心中却忍不住想说，身为一个男子汉大丈夫居然那么在意伤痕。克巴多把一个皮袋扔给了梅鲁连，袋里满满地装着五百枚马尔亚姆金币。梅鲁连被袋子的重量吓了一跳，张口正想说些什么，却被克巴多笑着打断了。

"你就拿去吧。向钱包太满不知如何是好的人伸出援手，是盗贼的职责吧？"

就这样，在戴拉姆相遇的克巴多、梅鲁连二人，又按照自己的心中所想各奔东西了。这是发生在四月底的事情。

第三章　出击

I

五月十日。季节开始从春天变为初夏，帕尔斯王太子亚尔斯兰率军从培沙华尔城出征。目的地是西方与培沙华尔相距二百法尔桑（约一千公里）之遥的王都叶克巴达那。

全军共有九万五千名士兵。其中包含三万八千骑兵和五万步兵，另有七千名负责运输粮食的轻步兵。在出发之前，原本是奴隶的步兵们被给予了自由民的身份，并得到了银币作为报酬。

第一阵有一万名骑兵，由特斯、萨拉邦特、伊斯方所指挥。第二阵由达龙所率领的一万名骑兵组成。第三阵——也就是亚尔斯兰的本营，有五千名骑兵和一万五千名步兵，那尔撒斯、加斯旺德、耶拉姆和亚尔佛莉德也在第三阵之中。第四队是奇斯瓦特所率领的一万名骑兵。第五队仅由步兵组成，共一万五千名，由一位叫夏加德的将军所指挥。位于全军队末的第六队亦仅由步兵组成，共两万名，由鲁哈姆将军率领。除此之外，另有由法兰吉丝率三千名骑兵组成的游击部队。

率一万五千名士兵留守培沙华尔城的中书令鲁项恭恭敬敬行

了一礼，送王太子出城。

"无论白昼或是夜晚，无论和平或是战争，愿帕尔斯诸神一直护佑殿下。"

"守城就拜托你了。有你留在城里，我才敢放心出征。"

那尔撒斯、加斯旺德、耶拉姆和亚尔佛莉德等人跟随在王太子身后半个马身至一个马身的距离，一同前行。此刻达龙已经率领一万名骑兵提前出发。这一天，帕尔斯国内的大陆公路自亚特罗帕提尼败战以来，第一次被帕尔斯大军挤得水泄不通。

映在阳光之中的盔甲和刀枪，仿佛沉甸甸的麦穗般闪着金黄色的光芒。骑兵队井然有序的马蹄声回荡在蓝天下。这幅景象完全映入了一名从路旁山丘顶上向下俯瞰的旅人眼中。

人生在世乃是一段旅行

而死亡亦然

渡过时间长河的鸟儿

拍打着羽翼催人老去……

此乃帕尔斯最为精华的文学形式之一——四行诗，但这首诗实在写得令人不敢恭维。轻声吟唱着这首诗的男子年纪轻轻，面容秀美，有着一头紫红色的头发，在马鞍上放着竖琴。俯望着不断沿大陆公路向西进军的帕尔斯军队伍，奇夫变了变表情，开始检查自己为出发所做的准备。剑锋已经磨得锃亮，随弓也一同备好了三十支箭，此外还备好了沉甸甸的金币银币。

"好了，我也有我该去做的事情了。"

奇夫自言自语着拉起缰绳，苦笑了起来。

"哎，想要帅也没人看得到啊。"

未来的宫廷乐师在脚下不稳的岩山上轻轻巧巧地将马头掉转方向，轻快地策马奔向不同于亚尔斯兰进军的方向。

他们会在此时出兵，也是由好几个先决条件决定的。进入五月后，那尔撒斯向亚尔斯兰报告，全军已经做好出兵准备。

"我军目前已张弓如满月，望您近日下令出兵。"

帕尔斯军中也有一些无甚重要的问题。他们的军粮没有充裕到可以让十万余名士兵一直无所事事地浪费下去。而亚尔斯兰也对这一点心知肚明。他听完那尔撒斯的报告，点了点头，决定在五月十日这一天出兵。

"臣有一事想与殿下谈谈，不知可否占用殿下一点时间？"

在离出征还有两天的晚上，那尔撒斯来找亚尔斯兰。亚尔斯兰没有拒绝。

"是你我二人一对一谈吗？"

"不，臣还会另邀几人一同出席。"

那尔撒斯选择的同席者共有五人——达龙、奇斯瓦特、法兰吉丝、奇夫以及中书令鲁项。七人围着王太子房间中的柏木桌坐下的同时，忠实的加斯旺德仿佛一只牧羊犬一样抱着剑守在门外。

待到七个人都在桌前坐好，那尔撒斯立刻开门见山进入了正题。连"接下来要说的话请不要对其他人说"这个开场白他都省略了。在定下同席者人选的时候，这个问题对那尔撒斯来说就已经不构成问题了。

"去年亚尔斯兰殿下刚刚抵达培沙华尔城时，有一位戴着奇怪银面具的人物曾袭击过殿下。想必各位还记得此事吧。"

那尔撒斯这句话是特意讲给中书令鲁项听的，亚尔斯兰和其他人当时都在场，绝不可能忘记。划破冬夜寒风的剑光、反射在银面具上的火光重新浮现在亚尔斯兰的脑海之中。王太子点了点头，脸上一瞬间浮起有些寒冷的表情。在众人环视之下，那尔撒斯若无其事地说出了一句极其重要的话。

"那名戴银面具的人物，真实身份是席尔梅斯王子。他父亲名为欧斯洛耶斯，叔父名为安德拉寇拉斯。换而言之，此人正是亚尔斯兰殿下的堂兄。"

亚尔斯兰能感到周围的成年人瞬间屏住了呼吸。他稍稍花了一点时间，才理解了那尔撒斯在说什么。席尔梅斯这个名字他似乎曾经听到过几次，但是直到这一天为止，都没在他的心中留下深刻的印象。亚尔斯兰整理了一下自己的思绪，才终于回问："这么说来，倘若不是时运不济，或许王太子就不是我而是他了？"

"正是如此。如果欧斯洛耶斯五世陛下还健在的话，王太子自然会是此人。"

"那尔撒斯！"

达龙不忍再看到亚尔斯兰脸上的表情变化，提高了声音责备好友。然而，那尔撒斯继续说道："一国无二君。就算再怎么冷酷残忍，这也是千古不变的铁律。就算是天上的众神，也无法颠覆这条铁律。如果王太子殿下成为国王，席尔梅斯王子自然不可能再戴上王冠了。"

七人中年龄最长的中书令鲁项第一次开了口。他慎重地单手捋着茂密的灰色胡须。

"那个自称席尔梅斯王子的人究竟是不是货真价实的王子呢？该不会是对当时情形略有了解的人，在野心与私欲的驱使下僭称王子吧。"

"当时的情形？"

亚尔斯兰追问道。听他所说，应该是指先王欧斯洛耶斯五世突然死去、由弟弟安德拉寇拉斯即位一事。欧斯洛耶斯之死疑点很多，也有人传言安德拉寇拉斯弑杀了王兄。自然，王室不会将真相公之于众，但对于与宫中多少有些关联的人来说，这是人尽皆知的。

那尔撒斯重新对亚尔斯兰一一讲述了安德拉寇拉斯王即位前后所发生的事实和出现的各种传闻，亚尔斯兰那双清澈夜空色的眼瞳瞬间笼罩上了一层阴霾。隔了许久，他终于轻启漂亮的嘴唇，张口问道："父王弑杀王兄……这个传闻是事实吗？"

年轻的军师轻轻摇摇头。

"只有这一点真相至今未明。在这世上，知道真相的恐怕只有安德拉寇拉斯陛下一人吧。确凿的事实只有，席尔梅斯王子把传言当成事实深信不疑，深深憎恶着殿下和殿下的父王，并且出于憎恨之心勾结鲁西达尼亚人，把外国的军队带进了自己的祖国这一件事。"

那尔撒斯声音严厉，亚尔斯兰和其余五人都默不作声。

"就是说，那位大人认为王位比国民对自己更重要。复仇的方式原本有许许多多，他却在其中选择了对民众危害最大的一种。"

"我懂了，那尔撒斯。"

亚尔斯兰面色有些苍白，轻轻举起一只手。

"目前比起堂兄，我要先和鲁西达尼亚军一决胜负才行。请各位助我一臂之力。等这一战告一段落，我再与堂兄好好交涉。"

II

一袭黑衣的骑士达龙与担任军师的好友并肩走在走廊上，藏不住一脸有话要说的表情。他斜眼瞟着故作不知的那尔撒斯，终于忍不住开了口。

"那尔撒斯，因为是你，我相信肯定还有更深一层的考虑。但这样对殿下是不是有点太残酷了。他肩上的负担原本已经很重了，你还要在上面再加上一副重担吗？"

"一直向殿下隐瞒这件事比较好吗？"

那尔撒斯微微苦笑了一下。

"我这半年来也都是自己一个人保守着这个秘密的啊。如果能够一直都不告诉殿下，我当然也不想让他知道。可是，达龙，你应该也明白，无论我们再怎么竭力隐瞒，一旦对方把这个秘密公之于众，这些努力不就都付诸东流了吗？"

确实正如那尔撒斯说的这样。席尔梅斯自然总有一天会将自己的身份昭告天下，主张自己拥有正统的王位继承权。若与亚尔斯兰到时突然从"敌人"口中得知这个事实所受到的冲击相比，还是趁现在由自己人告诉他，他受到的冲击还会小一些。

"而且啊，达龙，亚尔斯兰殿下自己的身世也还有一些秘密。与之相比，银面具的身世终究是别人的事情，如果仅仅知悉了这种程度的秘密就惊慌失措，那么他就根本无法承受自己的秘密。"

那尔撒斯的言下之意，乃是亚尔斯兰的诞生一事中还有着什么秘密。达龙点了点头，但这个帕尔斯第一名将还是忍不住叹了一口气。

"就算这样，殿下身上的负担还是太重了。他明明才只有十四岁啊。"

"我觉得亚尔斯兰殿下拥有一颗远远比看上去要更加宽广坚韧许多的内心。总有一天他能克服席尔梅斯王子这件事的。和其他很多事一样，他所需要的，就只有时间而已。"

"以你那尔撒斯来说，是不是想得太简单了？"

黑衣骑士毫不留情地说道。

"万一亚尔斯兰殿下为了代父王赎罪而说要把王位让给席尔梅斯王子怎么办？以殿下的性格来看，这不是绝不可能的。"

"确实。然后席尔梅斯王子就要变成我们的国王了吧。"

对复仇的渴望让席尔梅斯迷失了心智，但他的器量并非原本就不足以成为一国之君。如果他从复仇的沉醉中醒来，也或许会成为一位智勇双全的国王。

但是，就算席尔梅斯想改善奴隶们的处境，他也不会想到要废除奴隶制度吧。如果由席尔梅斯来做的话，也只会下令善待奴隶们而已。这一点，恐怕就是席尔梅斯与亚尔斯兰最决定性的差异了。那尔撒斯拢起浅色头发，回望着好友。

"我倒是想知道，达龙，假如殿下没能成为帕尔斯的国王，你会从殿下身边离开，去追随席尔梅斯王子吗？"

"开什么玩笑。"

达龙曾与银面具直接交战过，况且银面具还是杀死伯父巴夫利斯的仇人。他摇了摇头。

"这样好了。到那时，我们二人就联手，去为亚尔斯兰殿下征服一个适合他的国家。毕竟世上到处都有为暴政所苦的国民。"

听到达龙半开玩笑的回答，那尔撒斯扑哧一笑。无论他和好友为此事多么烦恼，最终还是取决于亚尔斯兰。

那尔撒斯话锋一转。

"说起来，特斯、萨拉邦特、伊斯方……"

"嗯。"

"让他们担任先锋。你和奇斯瓦特大人这次就退到第二阵来吧。"

在那尔撒斯看来，部署军队一事中显然也有着政治的考量。近期亚尔斯兰阵营大幅增员，必须首先将内部统一才行。

并不是只要打胜仗就够了。新加入的人对长期追随亚尔斯兰的人抱有对抗意识的理由之一是战功上的差距。必须给他们建立战功的机会才行。

而且，就算先锋惨败，只要达龙和奇斯瓦特两名英豪还毫发无伤地严阵以待在第二阵，再度挑战并取胜也绝非难事。一想到这两个人依旧健在，士兵们也会感到安心。

达龙同意了那尔撒斯的提议，交抱起双手。

"哎呀，原来帮助他人建立功勋，也是工作的一部分吗？"

"怎么会，没有你出面就解决不了的问题还要多少有多少呢。"

二人从走廊的一个转角拐过时，闻到一阵异样的气味随着晚风缓缓飘来。那是烧焦的味道。不等二人感到诧异，耳边又传来了异样的声音。那是火花噼噼啪啪爆裂的声音。

达龙和那尔撒斯四目相视了一瞬，一语不发地跑了起来。晚风不断吹来淡淡的烟雾，皮肤表面还能感到微微的热浪。仿若艳红花瓣般的火苗在黑暗的一角舞动着。

"着火了！着火了，那尔撒斯大人！"

少年耶拉姆大喊着跑了过来。他看到主人的表情，不等主人开口询问便主动向他说明。

"有人在粮仓放了火。发现了几个可疑的人影,大家正在追捕他们。"

达龙和那尔撒斯再次四目相视。他们脑海中浮现出的可疑人影回过头来,朝他们露出戴着银面具的脸。豪勇的达龙和无畏的那尔撒斯也不禁心中一惊。那尔撒斯低声对达龙叫道:

"达龙,你去保护殿下!"

达龙闻声,立刻掉转了方向。如果银色面具的男子就是席尔梅斯的话,恐怕会趁乱去刺杀王太子吧。一定要加强王太子身边的警卫才行。

在不断扩大的混乱之中,万骑长奇斯瓦特的存在就更不可或缺了。无论如何,培沙华尔城可是他镇守的城池。

"灭火!首先灭火。从四号井把水引到这里来!"

他干脆麻利又冷静沉着地下令。灭火交给奇斯瓦特就可以了。那尔撒斯带着耶拉姆融入了不断涌来的追捕纵火犯的士兵们之间。人潮涌动颇为迅速,人声与盔甲撞击声交织在一处极其嘈杂,那尔撒斯与耶拉姆被冲散了。混乱中似乎还听到了亚尔佛莉德的声音,但是也听不清。

"逃去那边了!"

"不要把他放走!杀掉他!"

士兵们的大叫声中充满了血腥的亢奋。他们为了战斗才聚集在这座城中,却还没有得到实际出战的机会。马球比赛和狩猎不足以发泄他们胸中的战意，每个人手中都举着火把或长剑，通红着双眼大声咆哮着。

如果纵火犯是席尔梅斯的话，轻率地追上去可就不知要出多少人命了。培沙华尔城中究竟有几个人实力足以和席尔梅斯正面交锋呢。刚才让达龙回到王太子身边太好了——那尔撒斯不禁这样想。

"找到了！"

士兵们的叫声响了起来，那尔撒斯随即将视线转向声音的方向。一道比夜空更加漆黑的黑影从空中掠过。黑影仿若栖息在森林中的精灵般敏捷地转瞬间就从走廊的屋顶移动到了铺着石板的中庭。士兵们连忙奔上前去，对着黑影手起刀落。刀锋呼啸声未落，士兵的攻击被挡了回来，随即反击的一刀划出短而尖锐的弧线，士兵颌下喷出鲜血倒地身亡。又有两柄利剑袭向黑影，但黑影高高地跃向空中避了过去。只见黑影口衔短剑，仅用一只右手抓住屋檐边缘，翻身攀上屋顶消失了影踪。

"身手真是不简单，简直不像人类。"

奇斯瓦特部下的千骑长谢洛斯震惊地自言自语道。

来者并不是席尔梅斯。他没有戴银色面具，而且也没有左臂。此人的身姿令那尔撒斯不久前的记忆重新在脑海中浮现。这不是一个月前，试图盗取巴夫利斯老人写给巴夫曼老人的密信不成，反遭那尔撒斯砍断了左臂的那个人吗。如此说来，此人的目标莫非就是那封密信？或许他已经发现密信内容有诈？

那尔撒斯紧追在那道黑影身后。这件事绝不能委以他人。

黑影边嘲笑着地面上那些吵吵嚷嚷的追兵，边攀登到了城墙上。他压低身体沿着城墙奔跑了起来，无声无息，仿佛化作了黑夜的一部分。

突然，黑影停下了脚步。他在城墙上看到了自己之外的另一个人影。靠在墙边上的人影缓缓摇曳着，挡住了黑影前行的道路。

来人是奇夫。

"哼，前几天被那尔撒斯大人砍断了一条手臂的奸细就是你吗？"

奇夫向前缓缓走了几步，如行云流水般流畅。黑影发现他的动作看似若无其事，却丝毫找不出一丝破绽。

黑影一言不发地重新举起了短剑，略微弯下腰，全身紧绷，只有双眼闪闪发光。

"都说烟雾和盗贼最喜欢高处。"

奇夫话音未落，黑影正中飞来一道白色的闪光。他将握在右手中的短剑朝着奇夫掷了过去。

奇夫用长剑将短剑拨开，只见黑影发出了怪叫扑了上来。他赤手空拳，只有一条手臂。几道细细的光闪过奇夫的视野。

奇夫不仅没有躲闪，反而迎上前去。从左下朝右上方挥起的剑，准确地斩断了黑影伸出的右臂。

鲜血狂喷，失去了双臂的男子在城墙上一扭身体，不仅没有因为痛苦而无法动弹，反倒以骇人的速度翻身跳起，没有给奇夫留下再次攻击的机会。

"真是好骨气，不过一点都不招人喜欢啊。接下来是准备用牙咬上来了吗？如果是被可爱的少女咬上一口，倒是正合我意……"

奇夫长剑寒光一闪，他面前似乎有什么东西发出声响，落在他脚边。原来是从黑影嘴里发射出的粗针。奇夫看都不看便一跃而起，举剑狠狠一扫。

黑影的头部似乎被一剑砍飞了。然而留在奇夫剑尖上的，却只有黑衣的一部分布片，奇夫咂了咂舌，将它从剑尖上掸落，同时只听到下方水声传来。

"像之前银面具一样掉进护城河里了吗？"

听到年轻军师的声音，奇夫回过头，收剑入鞘。

"你看这个。"

奇夫捡起方才斩落的手臂，递给那尔撒斯。虽然不是什么看了心情会好的东西，那尔撒斯却轻轻眯起双眼细细观察了起来。

"是毒手吗……"

手上的指甲变成了蓝黑色。他将指尖在毒液里浸泡过，只要碰触到对手的皮肉，就能将对手置于死地。这并不是正经的武术招式，而是一种低级魔道士所使用的暗杀手段。

之前砍下他左臂的时候，他的手还不是这样的毒手。应该是在失去左臂后，为了弥补自己的不利，才把自己仅剩的一只右手改造成毒手的吧。

"他的执着真是恐怖啊。"

那尔撒斯没有出声回答奇夫的感叹，而是转身命令闻讯赶来的士兵们分头去护城河里搜寻。失去双手的话就无法再游泳了，就算还能游，也无法从水里爬到岸上。况且他还流了那么多血，恐怕已经性命不保，但是如果他还活着的话，那尔撒斯想从他口中问出一些事来。

"那个人失去左臂之前，是来窃取大将军巴夫利斯的密信的吧？那尔撒斯大人现在又要问他什么呢？"

"是的，他的目标是巴夫利斯老人的密信，这一点我知道。我不明白的是他这样做的理由。还是说，是有人命令他这么做的？命令他的人又有什么目的呢？"

那尔撒斯的疑问，似乎要作为一个未解之谜画上句号了。清晨时分，士兵们从护城河的水底打捞起了一具尸体。尸体上没有双臂，而且还不知用什么手段毁掉了自己的容貌，完全没有留下任何可以推断身份的线索。

III

第二天晚上乃是出征前夕，徘徊在城中的黑影已经死了，火灾也没有酿成大祸，城内掀起了一阵盛大的出征前夕的狂欢。

然而，这一晚，奇夫和伊斯方之间又产生了新旧家臣的对立。不，与其说是对立，不如说是决斗。

喝了酒，自然容易产生争吵或斗殴。话虽如此，以这个理由禁止大家喝酒也未免太不近人情。葡萄酒、蜂蜜酒和麦酒的香气席卷了整个大厅，空气中还飘着烤羊肉的味道。在年纪尚幼的王太子早早离席就寝之后，众人就正如字面一般不拘礼节，开怀畅饮了起来。高声交谈和开朗的歌声回荡在大厅中的每个角落。然而即使在热热闹闹的宴席上，如果细心观察的话，也会发现从过去就一直追随亚尔斯兰的人们和新加入亚尔斯兰麾下的人们各自聚集在一起，相互并无交流。

而这个状况，随即便被"流浪乐师"奇夫的行动打破了。他信步走向新加入者的座位，和伊斯方搭起了话，丝毫不在意对方困惑的表情。伊斯方乃是万骑长夏普尔的胞弟。而半年前夏普尔被鲁西达尼亚军俘获，带到王都叶克巴达那的城门前示众时，应夏普尔本人的要求一箭将其射杀的就是奇夫。

这一刻，奇夫亲口说出了这件事。

而这就成了骚动的开端。

"混账，你说你射死了我哥哥吗？"

伊斯方眼中闪着寒光，仿佛一头狼一般。激动似乎凌驾了葡萄酒带来的醉意。

"不要生气，我可是把你哥哥从痛苦中拯救出来了，你应感谢我才对，没有道理恨我呀。"

"住口！"

伊斯方站起身来，周围骑士们也跟着不负责任地纷纷起哄。他们都很讨厌这个来路不明的流浪乐师。

对伊斯方本人来说，亡兄夏普尔既是他的救命恩人，又是教导他武艺与战术的师父。虽然偶尔有些死板固执，但是在一切事情上都贯彻原则，绝不纵容不正当行为，直到最后的死法都和他的生涯一样光明磊落。伊斯方如此深信不疑，所以听到有人议论自己的兄长，他会怒不可遏也是理所当然的。

而与之相反，奇夫冷淡而优雅地迎接了对方的愤怒。

"我可没少见过那种仗着周围帮手多就态度强硬的家伙。原来你也是这种人吗？"

"还不闭嘴吗？"

伊斯方从座位上一跃而起。

"让我把你那根长过头的舌头削得合适一点！我才不靠任何人撑腰！"

他猛地一踹地板，拔剑出鞘，朝奇夫头顶砍落。这一串动作只在转瞬之间。

周围众人似乎看到了奇夫被当头劈成两半的画面——但那不过是一瞬间的幻觉而已。奇夫在剑刃离头顶仅有一枚绢之国高级纸张厚度的距离灵巧地避了开来，而他的容貌之秀美，只将他脸上的嘲讽和恶意衬托得更令对方感到可憎至极。

"我先说好，是鲁西达尼亚军害死你哥哥的啊！"

"我知道！可是，现在站在我面前的不是鲁西达尼亚人而是你！"

伊斯方大吼着看似顺理成章又看似逻辑不通的话，猛地挥剑朝奇夫斩去。

这一剑的速度与猛烈程度都超越了奇夫的预想，奇夫仿佛年轻的雪豹般身手矫健地躲过了伊斯方的这一击，让他斩了个空，但他自己也失去了平衡。几根头发随着剑锋飞散开来。

伊斯方重新调整好姿态时，奇夫虽然身体快要倒地，手中却已拔剑出鞘，在空中划出一道流畅的弧线，惊人准确地逼近了伊斯方的咽喉。

这次轮到伊斯方大吃一惊了。他也像年轻的狼一样迅捷地避过了这一剑，但是脚下彻底失去了平衡，倒在了地上。

二人都在石板地面上打了个滚再次一跃而起，同时挥舞起长剑。蓝白色的火花撕裂了灯火的倒影，金属的响声回荡在地板上。两次、三次激烈的交战后，伊斯方单脚从地面上弹起，扫向奇夫的脚。

奇夫向侧面一倒，这一剑他完全没有预想到。伊斯方的剑术不是只有正统招数，还有些毫无章法的也不错。

伊斯方一剑斩在石板地面上，火花发出微微的焦臭。逃过致命一击的奇夫保持着卧在地面上的姿势，猛地一剑斩向伊斯方的膝盖。又是一阵火花迸起，伊斯方垂直挥剑挡开了奇夫的这一剑。

奇夫一跃而起，瞬间又是一剑刺出。伊斯方试图格挡开的同时，奇夫手中的剑仿佛魔法一般突然改变了角度，缠住了伊斯方的剑，将它击落在地。

伊斯方一扭上半身，堪堪避开了刺来的这一剑。然而，就在这一瞬间，他由守转攻，将奇夫的剑夹在了自己的右侧腋下，左手一掌狠狠打上奇夫的手腕。奇夫不由得松了手，一下便被伊斯方夺去了剑。与此同时，他也捡起了伊斯方落在地上的剑。二人正要再次一跃而起的瞬间，突然传来一阵尖锐的呵斥声。那是一名女性的声音。

"把剑放下！这可是在王太子殿下面前！"

"……啊呀，原来是法兰吉丝小姐。"

法兰吉丝接替了半个月前由奇斯瓦特扮演的角色，只是这一次双方是真的拔剑相向了。

"法兰吉丝小姐还真是爱操心啊，虽然我很开心你能为我担心，但我根本就不会输给这种家伙啊。"

"不要断章取义，你这信仰不诚的家伙。"

法兰吉丝并没有采取捷径。她将仿若挺立在王宫庭院中的柏树般优美的身姿向后退了一步，亚尔斯兰便出现在了众人面前。王太子还没有开口说话，伊斯方便丢下剑跪了下去。他那对主君有些死板的忠诚心或许是遗传自他的兄长——他从心底感到惶恐，懊恼着自己的轻率。

亚尔斯兰将目光投向乐师。

"到底发生了什么，奇夫，为什么会和自己人拔剑相向呢？"

"应该说是人生观的不同吧。"

与伊斯方对比鲜明，奇夫站在原地不动，回答的态度也十分目中无人。他眼中写满无畏的表情，继续说道：

"受了亚尔斯兰殿下这么久的照顾，直到现在我才终于明白，我的性格原本就不适合在宫中工作。自己建起一座后宫，自由自在地生活才比较符合我的性格。比起一直要顾虑人际关系，一个人独来独往要舒服多了。"

"奇夫？"

"正好是个机会，我就此告辞了，殿下。请您保重。"

奇夫捡起自己的剑收回剑鞘，刻意郑重地行了一个大礼，转身便要走出大厅。

"奇夫，等一下，不要冲动。如果有什么不满我也会考虑改善的啊。"

听到王太子的声音，奇夫暂时停下了脚步。

"抱歉，殿下。啊，法兰吉丝小姐，就算我不在了，如果你终日以泪洗面，也会让你那珍贵的美貌笼罩上一层阴霾的。笑容才是最适合你的美貌。请你为了我露出笑容吧。"

"我为什么非要为你哭泣不可啊。到最后话都这么多，要走就快点走吧。"

奇夫闻言咧嘴一笑，走出露台，优美而轻巧地翻过扶手，就此消失了身影。

众人颇感扫兴，不多时便纷纷散去。达龙看着惊愕不已而呆呆站在原地的亚尔斯兰的侧脸，似乎下定了什么决心般走上前去，压低了声音向他说道："殿下，其实那尔撒斯让我保密，那只是奇夫演给大家看的一出好戏。"

"好戏？"

"正是这样。那尔撒斯和奇夫商量过之后决定演出这一出戏。"

亚尔斯兰说不出话来。过了良久，才低声问道：

"他为什么要这么做？"

"当然是为了殿下。"

"为了我，听这个说法，他难道觉得自己在这里会碍事吗？"

"确实，奇夫不太受那些新加入的人欢迎。如果殿下袒护他，可能会被认为只偏向一方，这样下去，从结果上来说可能无法保持同伴们的和睦。"

"奇夫是为了保持全军的和睦才离开的吗？"

"不，他还有其他的目的。"

那尔撒斯原本就想派一个智勇双全又值得信赖的人去打探叶克巴达那和鲁西达尼亚军的内情，因此与奇夫商量，制造出一个奇夫从亚尔斯兰阵营出走的状况，从而让他单独行动。

伊斯方并不知道这些内情。然而，就算奇夫是为了将夏普尔从痛苦中解脱出来，他射杀了伊斯方的兄长这件事乃是无可否认的事实。这个事实今后也可能一直都是伊斯方心中的一个疙瘩。在军中产生裂痕之前，让奇夫暂时离开，待到未来时机成熟时再以不会导致任何人异议的方式解决此事。这就是那尔撒斯的考量。

"原来是这样。都怪我考虑不周，给那尔撒斯和奇夫添了这么多麻烦。"

亚尔斯兰低声自语着，用他那双夜空色的眼睛望向达龙。

"我什么时候才能再见到奇夫呢。那时我能不能为他恢复名誉呢。"

"奇夫曾经说过，殿下需要他的时候，就算他身在天涯海角也一定会赶回殿下身边。如果殿下认可他的努力，就请尽早夺回王都吧。"

然后在华丽的宅邸中备好美女和美酒，对他说一声"快回来吧"这便是对奇夫的功劳以及心意的酬谢了。——听到达龙这样说，亚尔斯兰不住点头。

把亚尔斯兰带回卧室再返回大厅的达龙，在露台上看到了好友的身影。

"原谅我，那尔撒斯，我多嘴把你的计划透露给殿下了。"

"没想到你居然话这么多啊。奇夫好不容易才演得这么像，被你这么一抖包袱，不是没有意义了吗？"

那尔撒斯嘴上这么说，却也没有认真生气。他从手边盛满水果的大盘中拿起两小串，将其中一串丢给好友。

"殿下也真是出人意料啊。你我二人和奇夫性格、想法截然不同，他却能让我们都愿意效忠。"

那尔撒斯轻声感叹着，把葡萄串拿到嘴边，咬下了三粒葡萄。

"先说好了，那尔撒斯，我原本就是一个对王室恪尽忠诚的人。我可不会像你那样和主君大吵一架拔腿就跑。"

达龙若无其事地与好友划清了界限。那尔撒斯则更加面不改色地把界限反划了回去。

"只是机会恰巧被我碰到了而已。就算你想让我相信你比我性格更加温和也不可能。那种事，恐怕连你自己都不会相信吧。"

"嗯……"

达龙苦笑了一下，学着好友的样子，一口咬上葡萄串。

与此同时，躺在床上的亚尔斯兰却辗转反侧，难以入眠，各种各样的思绪不断在他的脑海中盘旋。

达龙、那尔撒斯和奇夫各自都有自己的生存方式和行动准则。他们都比亚尔斯兰更为年长，并且身怀绝技，却为亚尔斯兰都不惜竭尽全力。这令亚尔斯兰感到深深的感激，并下定决心要回报他们。

"那些居于高位的家伙，总觉得别人为自己奉献付出是理所当然的。"

奇夫曾经这样愤愤不平地批判道。而亚尔斯兰身上却完全没有这种恶习。因为被友好对待会很开心，所以也想尽可能友好地对待别人。因为被冷漠对待会很心寒，所以尽可能不去冷漠地对待别人。看似很简单，做起来却很难。

亚尔斯兰的思绪又飘向了堂兄席尔梅斯身上。在他举剑逼近亚尔斯兰的时候，那张银色的面具下是怎样的一副表情呢？现在的亚尔斯兰还无从想象……

IV

就这样，五月十日，帕尔斯王太子亚尔斯兰为从鲁西达尼亚军手中夺还王都叶克巴达那，率军从培沙华尔城出发了。

第一阵的一万名骑兵由特斯、萨拉邦特、伊斯方这三位新加入的将领负责指挥。一旦开战，将由特斯指挥中央部队四千骑，萨拉邦特指挥左翼部队三千骑，右翼三千骑则听命于伊斯方。

亚尔斯兰王太子自培沙华尔城出击。这个消息只用了五天时间便传到了二百法尔桑（约一千公里）之外的叶克巴达那。非常讽刺的是，这个速度乃是拜帕尔斯完善的邮递制度所赐。

得到消息的鲁西达尼亚国王伊诺肯迪斯七世，立即将这件事以他的水准解决了。他的解决之道就是将军权交给王弟吉斯卡尔，自己闭门不出一心只向神明祈求胜利。

不仅是王兄，银面具的做法同样令吉斯卡尔感到了不满和怀疑。自从攻下萨普鲁城后，他就带着部队驻扎在城中，再也没有返回叶克巴达那。去询问他，他就说要修复战斗中破坏的设施、加固地下水道的防备，甚至感觉他想留在城中不回来了。

并且，在王都周边一带，抱怨供水不足的声音越来越大了。

"真是的，每个人都把麻烦的问题扔给我一个人。多少靠自己那不灵光的头脑努力想想不行吗？"

吉斯卡尔嘴上这么说，晚上还是一如既往地与来自鲁西达尼亚、马尔亚姆、帕尔斯三国的美女共度良宵，寻欢作乐。然而在这种状况下，或许还是有必要削减一些乐趣了。

　　"派使者去见银面具。让他留下一些兵力守备在萨普鲁城，本人立刻返回叶克巴达那。"

　　吉斯卡尔冥思苦想一番后，便对部下下了命令。倘若太急于召回银面具，或许反倒会暴露出自身弱点——虽然他也考虑到了这一点，但他还是认为这种时候态度强势一些比较好。银面具对此会有怎样的反应呢。如果他依然固守萨普鲁城按兵不动，这边也有这边的打算。

　　暂时解决了银面公子席尔梅斯问题之后，吉斯卡尔召集起十五名较为重要的朝臣和武将举行了一次会议。波德旺与蒙菲拉特两位将军为将散落在各地的军队重新集结起来而外出无法参会。吉斯卡尔对这两位将军最为信赖，他们的缺席也让这场难得召开的会议有些欠缺活力。

　　与会者不断提出毫无实质帮助的意见，于是吉斯卡尔下了命令——尽快将叶克巴达那的驻军集结起来，编成一支十万人的部队。听到这个命令，众臣议论纷纷。

　　"可是，我们也没有必要一次性出动十万大军。先出动一万人，根据态势发展再做打算如何？"

　　"就是，就是这样，出动十万大军不是那么轻松的事情。"

　　四处都是异议的声音。吉斯卡尔凝视着在场的众人，众人被他的灼灼目光盯得都不禁有些畏缩了起来。吉斯卡尔压低声音恐吓道：

"亚尔斯兰王太子的军队号称共八万人，正沿着大陆公路声势浩大地向西进军。即使八万这个数字是被夸大了，实际数量也绝不会低于四万人。你们觉得派兵一万去面对四万大军会有胜算吗？"

"没有……"

"所以，这不就变成眼睁睁地将一万兵力白白丢掉了吗？到头来还给帕尔斯人留下了四处宣传自己战胜了鲁西达尼亚人的口实。一点点地分散出兵只有百害而无一利。明白了吗？"

"明白了。王弟殿下的深谋远虑，吾等远不能及。"

朝臣们不禁拜服。被众人拜服的感觉虽然不坏，但是一想到要带着一群连这么简单的道理都不懂的人去与帕尔斯军作战，一阵疲劳感不禁涌上吉斯卡尔心头。他想尽早召回波德旺和蒙特菲尔，将实战指挥的工作交给他们二人，便向两名将军处派去了加急特使。

吉斯卡尔估算亚尔斯兰的兵力有四万人。一般说到兵力，数字总是被夸大的。自称的数量是实际数量的两倍，这种事一点也不稀奇。

但事实上，此刻的吉斯卡尔已经被那尔撒斯使出的心理战先下手为强了。那尔撒斯把正常情况下都会夸大的兵力反而压低数字宣扬，诱导吉斯卡尔低估了帕尔斯的兵力。

"这只是个小小的手段，但是如果对方上钩总还是赚到了。因为下意识低估敌军兵力乃是人之常情。"

那尔撒斯向侍童耶拉姆如是说明。

在这一点上，吉斯卡尔确实中计了。然而，吉斯卡尔也没有鲁钝平庸到做出"敌军有四万的话我方就出兵五万"这种小气的决定。他想准备十万兵力，一口气彻底击败四万敌人。足智多谋如那尔撒斯，也很难在他的这种做法中找到可乘之机。

在肉眼无法看到、平庸的军事家难以想象的地方，帕尔斯和鲁西达尼亚之间的战争已经正式开始了。在战场上兵戎相见，只不过是战争的最后阶段。

V

吉斯卡尔在叶克巴达那解决各种问题的时候，亚尔斯兰所率的帕尔斯军已经前进了全程的十分之一距离。

五月十五日。帕尔斯军在这一天之前还从未与敌人交锋过。这个时节，帕尔斯的太阳已经让人们感到了炎热，然而空气中的湿度很低，扑面而来的清风令人神清气爽。

从出发以来，骑在灰白色战马背上的亚尔斯兰一直沉默无言。他有很多事情必须静静思考。第三天，向北遥望到魔山迪马邦特时，山体的彻底改变令他惊愕不已。他想做些准备前去调查，但是现在亚尔斯兰军并没有太多的余暇。一切事情都要待到夺回王都叶克巴达那之后再去考虑。夺回王都之后，再去满足个人的好奇心。

从迪马邦特山南部通过之后，战争的气息就一分一秒地逐渐浓厚了起来。

亚尔斯兰军沿着大陆公路向西行进，遇到的第一道关卡乃是恰斯姆城。这座城位于离大路半法尔桑（约二点五公里）之外的山丘上，四周环绕着灌木丛和岩石断层，看上去难以攻落。

然而，听到恰斯姆这个名字的时候，达龙和奇斯瓦特却都"唔……"，陷入了沉思。身为万骑长的他们，并不知道这座城的存在。

就是说，这座城是在亚尔斯兰率兵远征辛德拉的这段时间里，鲁西达尼亚军为占领大路上的战略要冲、监视亚尔斯兰军的行动而匆忙建成的。

"吉斯卡尔这个人相当能干啊。"

在鲁西达尼亚军中寻得旗鼓相当对手的那尔撒斯，嘴角挑起一个无畏的笑容。如果连这种程度都没有的话就很无趣了。话虽如此，如果己方损失扩大，可就说不出有趣之类的话了。

打头阵的萨拉邦特和伊斯方向亚尔斯兰要求攻城的许可。此番乃是这两个年轻人加入亚尔斯兰阵营后的最初一战，想必早已热血沸腾迫不及待。那尔撒斯却冷酷地拒绝了他们的要求。他派耶拉姆前去侦察，随即将耶拉姆带回的报告与地图相互对照，口中念念有词着迅速制定了作战计划。

"决定了。不要管恰斯姆城了。"

加斯旺德委婉地提出了意见。

"不管这座城没问题吗？日后会不会留下后患？"

"就算想把城攻下来也没有那么简单，何况我们也没有勉强去把它攻下来的必要。殿下，我们不要管那座城了，继续前进吧。"

"既然那尔撒斯这样说的话，就继续前进吧。"

亚尔斯兰知道，年轻军师每说出一句话的时候心中总是已经想好了上百条妙计，于是他爽快地接受了这个提议。

那尔撒斯唤来耶拉姆和亚尔佛莉德，向他们各自交代了一番，将他们作为密使派往达龙和奇斯瓦特的阵中。同时又派遣普通使者前往第一阵中，命他们"不要管恰斯姆城，沿大路直线前进"。

伊斯方和萨拉邦特对这个命令心有不满，但特斯已经遵命继续前进，他们无奈，也只好一同前进了。

驻守在恰斯姆城中的鲁西达尼亚军也派出侦察队打探帕尔斯军动向，不久后便得到了帕尔斯军继续前进的报告。

恰斯姆城城主乃是克雷曼斯将军，他身材魁伟，蓄着红色的胡须，此前也曾在征伐马尔亚姆之战中大显身手。

"这些对神毫无敬畏之心的异教徒，今天就让你们为几百年来一直崇拜邪教的罪行付出代价。"

克雷曼斯是一名虔诚的依亚尔达波特教徒，信仰忠诚坚定，对同为依亚尔达波特教信徒的人们热情而公正，在鲁西达尼亚国内被称作"正义的克雷曼斯"。

然而，他对异教徒却非常残忍。他认为异教徒都是恶魔的手下，罪孽深重，无可饶恕。"只有死掉的异教徒，才是善良的异教徒"这句话是他的口头禅。

"这些异教徒，要无视恰斯姆城向西前进了吗。很好，平时的准备终于要派上用场了。"

与此同时，在帕尔斯军中——一旦决定了尽快前进，萨拉邦特和伊斯方就彻底加快了前行的步伐。他们下定决心，既然不在此地久留，不如全力赶路尽早遇到敌人痛痛快快地打一仗。年长的特斯的提醒他们也只当耳旁风，只顾你一言我一语互不相让。

"萨拉邦特，你稍稍后退一点。"

"烦死了，该后退的是你！"

就这样，伊斯方和萨拉邦特你追我赶地不断前进，终于与第二队拉开了五法尔桑（约二十五公里）的距离。

身在第二阵中的千骑长巴鲁海不由得大吃一惊。

"冲在前面也要有点限度啊，把他们叫回来吧。"

他如此向达龙提议，但一袭黑衣的"猛虎将军"闻言只是轻轻一笑，摇了摇头。

把第二阵之后的同伴远远丢在身后，只顾全力前进的第一阵，在十六日的下午与鲁西达尼亚军狭路相逢了。终于遇到敌人了。鲁西达尼亚军在大路上筑起土垒，以防御帕尔斯军的攻势。

战斗转瞬间拉开了序幕。萨拉邦特和伊斯方派人将与敌军发生冲突一事告知后方，同时不等略迟一步的特斯到来便下令骑兵队突击。敌军躲在土垒背后乱箭齐发，第一波攻势被打断了。萨拉邦特却下命令说："不要慌张！左右散开，包抄到土垒后，把敌军杀个片甲不留！"

不愧是悍勇的帕尔斯骑兵队，无论何时都毫不畏惧。

"喔，遵命！"

"可恨的鲁西达尼亚蛮人，今天就要让他们彻底尝尝厉害！"

众人拉起缰绳，重新一踹马腹冲向敌军，扬起漫天沙尘。这便是在近邻诸国间所向无敌的帕尔斯骑兵的冲锋。

但是鲁西达尼亚人也是巧妙而狡猾的。帕尔斯骑兵分成两队向前疾驰，试图从左右两侧绕向土垒后方，却突然发现路上横着绳索。"还耍小聪明！"他们冷笑着拔剑斩断绳索。被斩断的绳子飞舞在空中，突然四周响起了异样的风声，数百数千的石块朝着帕尔斯军当头飞来——原来绳子的另一端连结着投石器。比人类的拳头还大的石块仿佛雨点一般纷纷砸向帕尔斯的骑兵和战马。战马悲鸣着翻倒在地，骑兵们摔落地面便不再动弹了。

连萨拉邦特和伊斯方也不得不下令全军后退。同一时刻，鲁西达尼亚骑兵们从土垒背后一跃而出，举着枪冲向他们。

"不要让异教徒逃了！"

鲁西达尼亚骑兵乘胜紧追不舍。正在此时，特斯率领着四千骑兵也赶了上来，冲突双方军队迅速陷入了混战状态。特斯本人也不得不单枪匹马同时与数名鲁西达尼亚骑士对峙。

被数名敌人夹击，特斯却面不改色。他右手剑光一闪，封住向自己袭来的无数攻击，顺势解下了缠在左肩上的铁链。

铁链以电光火石般的速度甩出，重重地砸上鲁西达尼亚骑士的面门。挨了铁链重击的骑士鼻梁折断，门牙碎裂，满脸鲜血，翻身落马。不等其他骑士有惊愕的机会，铁链再次呼啸着从空中袭来，又有两名骑士被打落马下。

这是由帕尔斯南部纳巴泰国传来的铁锁术。特斯十岁那年开始修习，现在已经磨炼得比他的剑术更为精湛。

特斯暂且化解了伊斯方和萨拉邦特所遭遇的危机，面上也颇有光彩，但他也无法再抵挡鲁西达尼亚军的攻势了。他下令众人后退，边驱赶紧追不舍的鲁西达尼亚军边退向后方。虽然鲁西达尼亚骑士们震慑于特斯铁锁术的威力不敢上前，但仅凭他个人的武勇毕竟尚不足以颠覆全军的败势。帕尔斯军的第一阵被不断逼退，无法站稳脚跟，又得不到第二阵的援护，只得不断向后退却。

正在此时，一名急使驱马飞奔而来。

"大事不好！没有时间再穷追不舍了。恰斯姆城遭到帕尔斯军攻击，即将陷落！"

克雷曼斯大惊失色。就算战斗取胜，一旦恰斯姆城被夺，鲁西达尼亚军将无处可归。

他急忙下令停止攻击，撤军回城。由于方才乘胜直追，他们已经离恰斯姆城有了相当远的一段距离。莫非方才帕尔斯军的丑态只是诱敌佯攻？

鲁西达尼亚军突然停止了追击，掉头回城，因此特斯得以重整败军，朝鲁西达尼亚军后方追上去。特斯在此时表现出了非比寻常的统率力。一心赶路的鲁西达尼亚军路过了方才守卫着的土垒。

　　正在此时。一阵仿佛暴雨的声音从薄暮的天色中倾泻而下，无数箭雨向鲁西达尼亚军当头袭来。鲁西达尼亚士兵们惨叫着纷纷倒下。不知何时，帕尔斯军已经潜入了土垒。

　　"怎么会……"

　　克雷曼斯意识到自己中了计。帕尔斯军别动队状似执着于恰姆斯城，实则潜入土垒，伺机对毫无防备路过此处的鲁西达尼亚军发动突袭。

　　一袭黑衣的骑士策马驰骋在帕尔斯军最前方，确认克雷曼斯乃是指挥官后便一直线朝他杀了过来，迅猛有力仿若利箭离弦，试图阻拦他的鲁西达尼亚骑士纷纷鲜血飞溅栽落马下。克雷曼斯听到了自己的惨叫声，帕尔斯人的利剑已经在薄暮中闪着寒光刺到了他的面前。

　　"来，想变成这种下场的人就骑马过来我达龙的面前！"

　　瞬间，鲁西达尼亚军中鸦雀无声，直到克雷曼斯的头颅被抛到他们面前时，才发出了一阵惨叫，纷纷抱头鼠窜。刚勇如克雷曼斯，竟被这黑衣的帕尔斯骑士一剑毙命！

　　鲁西达尼亚军中有一名骑士，名为卡斯特利欧，克雷曼斯曾救下过他亲人的性命。在鲁西达尼亚兵尽皆抱头逃窜之际，唯有卡斯特利欧一人誓要替恩人报仇，不断地向帕尔斯军拉弓放箭。他将两名帕尔斯人射落马下，却被有着一头美丽长发的第三名帕尔斯人射穿了右肘。看到卡斯特利欧落马，那名帕尔斯人——也就是法兰吉丝命部下将其捉拿回营。勇敢的鲁西达尼亚骑士被皮绳紧绑着带到了帕尔斯军的总帅面前。他已做好了赴死的准备，不想年纪尚幼的总帅并未取走他的性命。

"你活着回叶克巴达那去，把这句话带给鲁西达尼亚国王。几天之内，亚尔斯兰定会以帕尔斯式的礼节前去拜访。"

就这样，骑士卡斯特利欧保住了自己和爱马的性命，作为向己方报告这场耻辱战败的使者，沿着大陆公路驱马奔向西方。

第四章　汗血公路

I

　　帕尔斯军派出两千步兵包围了已经失去抵抗能力的恰斯姆城，继续向西进发。他们的目的并非夺取城池，只要消除障碍，确保后方的安全就好了。恰斯姆城中的兵力几乎在城外被全歼，仅余的残兵死守在要塞之中，依旧表现出抵抗之意。但他们要下定"宁死也绝不向异教徒投降"的悲壮决心是他们自己的事，帕尔斯军可没有义务奉陪。

　　帕尔斯军继续笔直地沿着大陆公路挺进。

　　对鲁西达尼亚军来说，计算失误也该有个限度。他们原计划用要塞恰斯姆城拖住帕尔斯军的脚步，最少也要把他们拖上十来天，没想到帕尔斯军却只花了一天就通过了那里。

　　"蠢材们，为什么要出城迎战，为什么不躲在城里让敌人围城攻击！"

　　波德旺将军恨得咬牙切齿。他回到王都后便被吉斯卡尔公委派去指挥对帕尔斯的实战。

　　"现在再说这些也没有意义了。"

蒙菲拉特将军语气沉痛地出言安慰同僚。他也与波德旺共同负责实战指挥。能得到王弟吉斯卡尔殿下的信任的确令人欣喜，但这份信任同时也是一份沉甸甸的重担。

　　二人讨论着骑兵、步兵、粮食、地形……等诸般事宜，这次轮到蒙菲拉特长叹一声。

　　"总觉得，原本在亚特罗帕提尼之战中获胜就是一个错误。如果那时不分胜负或是以微弱劣势落败，或许我们的远征就会只到马尔亚姆为止，接下来便返回祖国了。"

　　"喂喂喂，你说的这些话才一点意义都没有吧。我们正是因为在亚特罗帕提尼之战中取胜，才能将帕尔斯的财富收入囊中的啊。"

　　波德旺苦笑着，蒙菲拉特则仿佛重整心情似的点了点头。然而，他们毕竟是实力强大到足以得到吉斯卡尔信任的武将。正是由于实力过人，所以也清清楚楚看得到己方的弱点。

　　首先，在鲁西达尼亚军中，尤其是在下级士兵之中，已经出现了想回祖国的声音。虽说是士兵，但鲁西达尼亚全军不到三十万人之中只有十万人左右是职业士兵，其余人皆为农民或牧民出身。在他们看来，已经干掉了异教徒，分到了一点微薄的财宝，还幸运地活到了现在，差不多也该回到故乡过上平静的生活了——这才是他们的本心。

　　"远赴帕尔斯，除掉了恶魔般的异教徒的勇士回到村里来了。太了不起了。如果他愿意娶我家的女儿，也是我家的光荣……"

浮现在年轻士兵们脑海中的，是这样一副光景。从帕尔斯民众看来，他们是侵略者、掠夺者、杀人者，像传说中的蛇王撒哈克的手下一样可憎又可怖。可是，贫乏的知识和单纯却狭隘的信仰心会剥夺人们的想象力，让他们完全无法想象世界上还有人和自己信仰着不同的神明，在与自己截然不同的文化和风俗之中过着平静的生活。

无论如何，目前已经过了欣喜若狂地大喊着"赢了！赢了！"的阶段，迎来了难以维持远征军高昂士气的时期。

不仅是蒙菲拉特和波德旺，吉斯卡尔也对这个事实心知肚明。一名部下用仿佛安慰而又带着谄媚的声音对默默陷入沉思的王弟殿下说："不管怎么说，留着安德拉寇拉斯王的性命，这一步我们做对了啊。"

假如帕尔斯军长驱直入一举攻入叶克巴达那，只要把安德拉寇拉斯架上城楼，以他的性命相要挟，帕尔斯军便一筹莫展了。

"唔，真的会这样吗？"

吉斯卡尔并没有那么乐观。如果那个叫亚尔斯兰的王子是一个"比起父亲的生命更重视王位"的人，安德拉寇拉斯王就失去作为人质的价值了。就算杀了安德拉寇拉斯，也只是开启了亚尔斯兰登上王位之路。把安德拉寇拉斯当成人质这种事，连无能至极的伊诺肯迪斯王都想得到，帕尔斯军不可能意识不到。

首先，还没开战就想着把安德拉寇拉斯王当成人质这种事算什么啊。如果战败了固然只能不择手段了，可是在那之前不是应该先考虑如何取胜吗。

把实战的指挥交给蒙菲拉德和波德旺二人负责，制定筹措粮食、整备武器、在军中建立秩序、修复叶克巴达那的城墙，贮存水源等一切基本计划的方案并选出负责人，都是吉斯卡尔的工作，他也实在是需要操劳太多的事情。

"只差一点点了。马上一切就都解决了。"

吉斯卡尔下了决心。他要全歼亚尔斯兰王子所率的帕尔斯军。没有必要继续留下安德拉寇拉斯王和泰巴美奈王妃的性命，要把这两人也尽早杀掉。那个来历不明、每天都散发着更多危险气息的银面具也要除掉。还必须结果掉波坦大主教的性命。收拾掉所有敌对者之后，他就能够坐上——横跨鲁西达尼亚、马尔亚姆、帕尔斯三国的——新帝国支配者的宝座。

"我绝不会让任何人提出异议。"

吉斯卡尔低声说给自己听。夺取兄长的王位这种行为毕竟会带来愧疚，所以他才直至今日一直甘于屈居王弟的身份，仅仅手握国政和军事实权便心满意足。可是，现在已经足够了吧。

"倘若一切都顺利进行，那便是神所希冀的。拒绝神的赐予，反倒是对神意的违背。"

吉斯卡尔用简直像是波坦大主教的逻辑成功将自己说服的一刻，那个即将被他夺去王位的男人恬不知耻地走进了房间。

"祈祷已经结束了吗？"

吉斯卡尔先出声问道。伊诺肯迪斯七世压低了声音，一脸神秘。

"结束了。比起这个，我有件事想问你。如果马尔亚姆与帕尔斯联手，是不是有点麻烦啊，弟弟？"

似乎有谁对他灌输了帕尔斯和马尔亚姆的残党相互联手的可能性。

"确实有点棘手，不过也用不着那么如临大敌。"

"是吗。可是东边有帕尔斯王党派，西边有马尔亚姆的残党，如果被两边同时夹击就很难应付了吧？"

似乎伊诺肯迪斯王对于这种程度的事情还是能够理解的，他双眼中泛起不安的涟漪。吉斯卡尔也听到过鲁特鲁德侯爵麾下的士兵在达尔邦内海看到马尔亚姆军船的传言。

"就算败者互相舔舐伤口也翻不起什么水花。尤其是马尔亚姆的残党根本没有任何力量，请不要担心，哥哥。"

说到马尔亚姆，吉斯卡尔更担心的反倒是波坦大主教。大主教被逐出萨普鲁城后所能逃去的地方，除却马尔亚姆国内再不做他想。当然他也曾派出使者，下令一旦找到波坦便立即以叛国罪将其逮捕。然而，进驻马尔亚姆的鲁西达尼亚军中波坦派的势力相当强大。一旦稍有差池，弄不好反倒会导致马尔亚姆全体驻军团结一致反抗国王和王弟。

一旦无法成功处理事态，他们鲁西达尼亚人恐怕将会永远从阳光闪耀的帕尔斯天空之下丰饶肥沃的帕尔斯大地之上被驱逐一空。他们将不再是支配者，仅仅单纯作为一群强盗留在帕尔斯人的记忆之中。和壮丽的开幕相比，这样的结局也未免太凄凉了不是吗。

吉斯卡尔暂且安抚了王兄让他回去，再休息了片刻，便唤人端来了上等的帕尔斯葡萄酒。侍女在雪花石膏酒杯中注满红宝石色的美酒，在银色的碟子里盛满佛手柑和杏仁，随即退了下去。吉斯卡尔拿起酒杯刚要送到唇边，突然又停了下来，自言自语道："那么，最终将会是帕尔斯与鲁西达尼亚，哪一方的神明取得胜利呢。虽然我们的神只有一位，那边却有许多……"

II

帕尔斯军顺利通过恰斯姆城后，下一个要面对的鲁西达尼亚军据点，便是圣马奴耶尔城。此城以鲁西达尼亚历史上第一位改信依亚尔达波特教的贵族之名所命名。历史上，它原本是一座帕尔斯的城堡，被弃置荒废多年后，鲁西达尼亚军对其进行了改建并投入使用。

城主是一位名叫巴鲁卡西翁的伯爵。一定要说的话，他比起武勇更加偏爱学问与艺术，在鲁西达尼亚国内时还曾担任过王室图书馆馆长。此人年纪不到六十岁，额头前半已经全秃，后半的头发也变得雪白，可是胡须不知为何仍是黑色的。他将骑士们召集到城内的大厅中。

"王弟殿下有命。忠实的鲁西达尼亚臣民、虔敬的依亚尔达波特神之仆从，仔细听好。"

听到巴鲁卡西翁伯爵的庄重宣告，骑士们恭恭敬敬地跪了下来，盔甲和剑环相撞发出清脆的金属声。插在墙面上的数十支火把摇曳着火光。

王弟吉斯卡尔殿下所下的命令，与此前恰斯姆城时没有任何不同。在与异教徒进行的决战之前，将异教徒的部队拖在这座城附近，尽可能争取一些时间，同时消耗敌军的战力。驻守叶克巴达那的本军也会尽快整备阵容前往支援，所以要努力坚持到救援到来。命令虽然是这样说的，但事实上，巴鲁卡西翁伯爵并不指望救援能够到来。他早已明白，自己只不过是巨大战略中一颗小小的弃子而已。

"王都似乎发生了什么纠纷，大主教波坦阁下出走，圣堂骑士团从马尔亚姆赶去又匆匆离开，各种各样的传闻也都传到这里来了。"

巴鲁卡西翁伯爵环视在场众人。

"即使这些传言全部属实，我们也无须介意。我们作为鲁西达尼亚人，作为依亚尔达波特教徒，只要无愧于人无愧于心地去战斗就好。各位，万万不可忘记。我们乃是为正义之神歼灭世上一切异教恶魔的精锐尖兵！"

"神啊！请守护我们吧！"

骑士们齐齐低下了头。

集会结束后，巴鲁卡西翁伯爵走出大厅，朝房间走去，却在一条有着拱形天花板的昏暗的走廊中被一名见习骑士叫住了。

"伯爵，请留步。"

"喔，是你啊，怎么了？"

伯爵停下脚步，只听此人声音年轻而充满热情，体型也瘦弱矮小。听到他要求前往与帕尔斯军战斗的最前线时，伯爵轻轻摇了摇头。

"我懂你的心情，但是你的祖父把你托付给了我。我更希望你不要贸然走上战场，先好好保重自己，等待今后的机会。"

"您这样说实在令我遗憾。我离开祖国来到这里，只是想为国作战。之前无论是在马尔亚姆还是在帕尔斯，您都找各种理由把我留在后方，这次我一定要向帕尔斯的异教徒报上这一箭之仇，否则绝不善罢甘休。"

"可是，爱特瓦鲁啊……"

"就算伯爵您不肯降下许可，我也一定会参战。如果您觉得这些话有所冒犯，我从心底向您致以歉意。请您理解，我就是如此渴望与异教徒作战。"

巴鲁卡西翁伯爵垂下沉重的眼睑，打量着这个名叫爱特瓦鲁的见习骑士。见习骑士年轻的视线勇敢地迎上老人谨小慎微的目光。

"看来就算我阻止也没用了。"

老人长叹了一口气。但听话的人远比说话的人欣喜若狂。

"那么，伯爵，您这是应允了？"

"没办法啊。不过，你务必慎重行事，绝不可轻举妄动。若你有个什么万一，我可无法向你的祖父交代。"

"是，遵命。占用了您宝贵的时间，万分抱歉。"

见习骑士不断地点着头，一个转身，连蹦带跳地从石板地面上跑掉了。伯爵摇了摇头低声说道："只要上过一次战场，就能明白战争有多么悲惨了。但首先也要能从战场上活着回来才行啊。"

初战告捷的帕尔斯军中，也有一些人满脸低落，尤其是在第一阵之中。

对萨拉邦特和伊斯方而言，第一战实在令他们颜面尽失。中了鲁西达尼亚军的小花招，败退之时被特斯堪堪救下性命，敌将的首级还被达龙抢走了。到头来，萨拉邦特和伊斯方在这一战中只扮演了小配角。他们满心遗憾，不停叹息着自己的不中用。

"下一仗绝对要一雪前耻，恢复名誉。"

伊斯方和萨拉邦暗自下定决心，率领着第一阵继续挺进。与他们并肩进军，面上已经颇有光彩的特斯不骄不躁，只是一脸淡然地策马前行。

"打了败仗也看不出你们有吃一堑长一智啊，看来你们还要再多吃点苦头才行。"

听到千骑长巴鲁梅的嘲讽，"战士中的战士"达龙笑了。

"总比输了就无精打采要好嘛。毕竟如果他们没有完成自己的任务，我们也不可能只花一天就让恰斯姆城失去抵抗能力。"

事实的确如此。就是因为伊斯方和萨拉邦特败退得太狼狈了，才会引得鲁西达尼亚军乘胜追击，让那尔撒斯布下的妙计从结果上而言成功实现了。

"毕竟不可能每次都赢嘛。希望在见到王都城门那一刻之前尽量减少我军的伤亡，只是鲁西达尼亚军的希望恐怕与我们相反吧。"

黑衣骑士转过他那戴着黑色头盔的头，凝望着被浩浩荡荡的部队挤得水泄不通的大陆公路。

"这条大陆公路上总有一天也会涂满血汗吧。"

五月二十日，帕尔斯军在夏夫利斯坦原野上扎下营地，在广袤的大地上举办了狩猎节的庆典。

不仅在帕尔斯一国，这种大规模的狩猎同时也是一种重要的战斗训练。尤其若想锻炼马术与弓术，更不能太过于轻视狩猎节。夏夫利斯坦原野乃是帕尔斯五大猎场之一，有着狮子、雪豹等多种多样的野兽。这片原野东西长五法尔桑（约二十五公里），南北宽四法尔桑（约二十公里），其上有着草原、森林、沼泽，地势虽然不算险峻，却也充满起伏，帕尔斯人在这里可以尽情享受策马驰骋的乐趣。

这场狩猎节是开战前的庆典，同时也是对附近圣马奴耶尔城中鲁西达尼亚军的示威。他们以此昭告帕尔斯人民恢复王权的日子已经近在眼前，同时将猎物献给天上众神，祈祷能够得到神明的护佑。他们有着如前述诸般目的，所以并不能只顾狩猎游玩。

话虽如此，也没有必要太一本正经郑重其事。自亚尔斯兰以下，骑兵们各自组成一个个一两百人规模的小集团，奔驰在原野上，张弓放箭，以帕尔斯人的方式享受着与自然的交流——尽管以亚尔斯兰的性格，对兔子和小鹿无论如何都射不出箭。

然而，就算是聪颖而足智多谋的那尔撒斯，也不可能通晓人世间万事万物，对于那些偶然的突发事件更是无从得知。他未能料到，约有一千名鲁西达尼亚骑兵已经从圣马奴耶尔城出发，正逐渐接近夏夫利斯坦原野。

这队人马在夏夫利斯坦的南部边境与只率领着两百名骑兵的帕尔斯王太子狭路相逢了。

狩猎对鲁西达尼亚人也是一项重要的仪式，但这一次有着更加重大的意义。首先，他们要为准备开战贮存鹿肉和野牛肉。除此之外，还要对逐渐接近的帕尔斯军进行调查。他们为避免与沿公路进军的帕尔斯军正面相遇特意迂回前进，却造成了这样的结果。

一时间，不知更加吃惊的是敬奉帕尔斯众神的人们，还是赞颂依亚尔达波特神的人们。双方头脑同时空白了一瞬间，却也只有一瞬间。敌意立刻沸腾，剑纷纷出鞘。无数闪光充斥在天地之间，仿若阳光的碎片落在地面上一般。

没有人知道是谁先挥剑斩向对方的，追究也没有意义。兵刃相交的声音回荡在四方，从这一刻起，野兽们都被无视了，人与人开始了相互狩猎。

III

法兰吉丝骑在马上拉满了弓，朝着袭来的鲁西达尼亚兵连续鸣响了弓弦。那是来自极近距离的连射。当弓弦第五次奏响死亡之曲时，第五名鲁西达尼亚兵的右侧肋下被射穿，在半空中乱蹬着双脚滚落马下。

"快去报告达龙大人和那尔撒斯大人！"

法兰吉丝大叫起来，声音落下之际，第六个人的右侧上臂已经被射穿，失去了战斗能力。紧紧抓住马颈，勉强没有落马的鲁西达尼亚兵就这样继续奔向前方。突然，一百名骑兵的身影从前方树林中一跃而出，将这个不幸的人打落马下。他们当然不是鲁西达尼亚人。原来是奇斯瓦特率领的一队人马在离他们较近的地方听到剑刃撞击声和惊叫声，连忙赶到了此处。霎时间，乱战的漩涡越来越大，血腥气也愈发浓烈。

这一天，令密斯鲁国和辛德拉国的将兵心生惧意的"双刃将军"奇斯瓦特，第一次让鲁西达尼亚人见识到了他的过人身手。

奇斯瓦特双手中寒光闪耀，所到之处尽皆鲜血四溅。两名鲁西达尼亚士兵被斩断了颈部要害，从马鞍上同时向后仰去，狂喷的鲜血掩盖了阳光，最终双双跌落马下。

同一时刻，耶拉姆正踏过平原上的草地，朝着那尔撒斯所在的方向策马狂奔。

那尔撒斯正在本营的帐篷中看着平面图出神。那张平面图并非出于他本人之手，而是由职业画师精细而准确地描绘出的夏夫利斯坦一带的地形和道路。当他端起斟满绿茶的茶杯时，正遇上耶拉姆飞奔而来报告紧急情况，未来的宫廷画家没能来得及喝成这杯绿茶。

对那尔撒斯来说，再没有什么事情比遇到这种"不够讲究"的遭遇战而流血更令人难以忍受的了，可是王太子有难也不能坐视不理。

"耶拉姆，辛苦你了，但是还要再麻烦你去一下达龙那里告诉他详情。我立刻前往夏夫利斯坦。"

那尔撒斯丢下手中的平面图，奔向自己的坐骑。他指示一名骑士将通向圣马奴耶尔城的道路封锁起来，随即翻身上马飞奔而去。他回头看了一眼，只有一个人紧紧跟在自己身后。是那名用天蓝色头巾包起一头泛红秀发的少女。

"速度真快啊，亚尔佛莉德。"

"我就只有这一个优点了嘛。"

"带上弓了吗？"

"当然。箭大概足够射下十个敌人和五个友军。"

"把友军射下来就麻烦了啊。"

"我也没打算这么做，但是我的箭有时候会有点近视眼啦。"

和这个女孩说话真是让人严肃不起来啊——策马疾驰的那尔撒斯在脑海中这样想着。

然而，事态本身还是相当严重的。

亚尔斯兰似乎在奇怪的方面总有些笨拙。部下喊他快逃，他原本乖乖照做了，可是不知不觉就和法兰吉丝、奇斯瓦特失散了，单枪匹马在白杨树林的深处与一名身材巨大的鲁西达尼亚骑士不期而遇。

至少自己的性命要靠自己来保护，亚尔斯兰心想。如果对方像银面具席尔梅斯王子那样悍勇的话，可能只能依赖达龙或奇斯瓦特。可是对方不只是一个普通的骑士吗——应该是这样吧。

那名鲁西达尼亚骑士毫不在意亚尔斯兰心中所想，挥剑向他径直冲了过来。巨大的身躯和迫人气势令亚尔斯兰感到一阵压力，但他依旧巧妙地操纵着缰绳，避过了对方的冲锋。盔甲和马鞍发出沉重的声响，从亚尔斯兰身边擦身而过。骑士低声咆哮着掉转马头，再次袭向亚尔斯兰。

亚尔斯兰佯装攻击，骑士动作略微夸张地连战马一同一跃而起，回手反击。气势虽强，却绕了一大圈，已经被卸掉了不少力道，亚尔斯兰轻轻松松便接住了这一击。利刃发出尖锐的碰撞声，亚尔斯兰手腕上感到一阵沉重的冲击。敌人力大无穷，无论剑本身和斩击都颇为沉重。若与他正面剑锋交击，只怕手腕会被震麻，失手将剑丢落在地。

幸好在骑术上，亚尔斯兰还是远远胜过对方的。尽管他还不满十五岁，但帕斯人毕竟是一个骑马民族。

鲁西达尼亚骑士的剑不断袭来，招招狠辣欲取亚尔斯兰性命，却几乎都砍了空，反倒让他巨大的身躯重心不稳。

终于，亚尔斯兰一剑斩上鲁西达尼亚骑士露出空隙的颈项，决出了胜负。从马背到地上这段极短的旅途中，骑士被从痛苦中永远解脱了出来。亚尔斯兰身后响起另一声惨叫。一个鲁西达尼亚人逼近王子身边正要举枪向他刺去，却突然被空中俯冲下来的黑影啄瞎了双眼。

"告死天使！"

亚尔斯兰呼唤着举起左手，勇敢的大鹰用力拍了拍翅膀，落在它那没有翅膀的朋友的手腕上，鸣叫了一声。

亚尔斯兰从肺中长长地吐出了一口气的同时，远处又有一道新的黑影疾驰而来。"告死天使"发出了威吓的声音。然而，那名头上包着白色头巾的男子并不是鲁西达尼亚人。

"啊，殿下，您没事吧。太好了。如果殿下有个三长两短，我恐怕要被达龙大人、那尔撒斯大人和法兰吉丝小姐围起来绞死。"

辛德拉年轻人拙劣的玩笑话音刚落，隆隆的马蹄声再度响起，若干鲁西达尼亚人聚作一团闯入了亚尔斯兰和加斯旺德的视野。两个人、一只大鹰和两匹马瞬间被围了起来，环视四周都是敌人挥舞的利刃。

加斯旺德接下了鲁西达尼亚骑士的一击，剑锋短暂而激烈地交击了一番，将其击落在地。他视线一转，惊喜地大叫出声。

"是达龙大人！"

来者正是达龙。一袭急速接近二人的漆黑斗篷内侧，仿若染血的旗帜般随风飘舞。看到达龙出现，鲁西达尼亚士兵挥起大剑一跃而起。

然而，黑衣骑士如同一阵钢铁飓风，掠过了鲁西达尼亚人身畔。帕尔斯长剑化作一道死亡的雷光迎头击下，击碎了鲁西达尼亚人的头盔，头盔下的头盖骨也被一同击得粉碎。

鲁西达尼亚人的鲜血像红色的雨点般洒落了帕尔斯的大地上，甚至就像达龙斗篷的衬里被撕碎四散。

黑衣骑士手中那已经暗沉下去的银色利刃在空中扬起一道道鲜红色的弧线。若由一名技艺青涩的吟游诗人来描绘这个场面，只怕除了"手起刀落一心斩杀"就再也想不出更多的形容词了。他身边不断响起鲁西达尼亚语的惨叫，随着每一声惨叫一同溅起的都是生者的汗水和死者的鲜血。

尘烟随着愈发激烈的死战漫天飞扬，再通过战士们的口和鼻吸入他们的肺里。生者、死者和半死者在马背上和地面无休无止地挣扎着、纠缠着、冲撞，似乎永远没有尽头似的。

现在，帕尔斯人和鲁西达尼亚人的人数已经持平了。帕尔斯一方有两名万骑长，三柄剑在敌群中左右翻飞，接连不断地将敌人送向帕尔斯人的地狱和鲁西达尼亚人的天国。

亚尔斯兰的左侧，加斯旺德在奋力挥剑迎战，右侧则有法兰吉丝张弓搭箭，在至近距离将鲁西达尼亚人一个个射落马下。

鲁西达尼亚士兵不断被斩杀，阵形也被冲散。他们原本是来狩猎手无寸铁的野兽的，可是现在他们自己却成了异教徒的猎物。

依亚尔达波特神的战士的自尊心是绝不允许自己后背朝着异教徒逃走的。只是人数上逐渐失去优势，又有必要将此事通报友军知悉。一个士兵下定了决心，左手举起喇叭，就要向同伴们发出宣告退却的信号。

法兰吉丝射出了箭。

鲁西达尼亚士兵没能吹响喇叭——他永远都做不到了。喇叭反射着阳光落到地上，撞在石头上滚开了。而喇叭的主人被一箭射穿了咽喉，从马背上消失了影踪。

由于喇叭没有被吹响，鲁西达尼亚士兵失去了有条不紊退却的机会，被一点点拖入了混战之中。在混战中，达龙的骁勇善战压倒了其他所有人，他的一袭黑衣在鲁西达尼亚人眼中成了死亡的象征。他还没有用到挂在马鞍边上的长枪，只是拔出令人胆寒的长剑纵横挥舞，在空中和地面上筑起一道道鲜血的桥梁。

突然间，一声箭响迎着达龙飞去。

只见一支箭准确地射中了达龙黑色的胸甲，发出了清脆的声响。然而，这一箭的力道却比不上准头，没能贯穿胸甲便被弹飞，落在沙尘之中。

黑色的头盔下，达龙用凌厉的视线注视着射中自己的人。出现在他眼前的，是一个骑着斑纹马儿、全副武装的鲁西达尼亚人。只见此人再度张弓搭箭，正要松开弓弦。

达龙朝那人猛冲过去。箭矢从被拉成满月形的弓弦上飞出，随即被长剑的利刃迎面斩落。射箭者连人带马拼命闪躲着达龙的攻势，却只听达龙的长剑长啸一声。弓发出断裂的声音折成两段飞上空中，长剑剑身平平地拍在鲁西达尼亚人的头盔上。

手心里传来的感触意外的微弱。也许是巨大的盔甲套在瘦小的身体上，减缓了对身体的冲击吧。鲁西达尼亚骑士在马上摇晃着身体失去了平衡，只靠紧紧抓住缰绳堪堪避免了落马。头盔就像替主人承受了这一劫般飞落在地。

鲁西达尼亚人的头部完全裸露了出来。长及肩头的头发飘散在风中，那是一头浅棕褐色光泽莹润的秀发，包裹着白皙的脸庞。

"居然是女人！"

纵使豪勇如达龙，也不由得大为惊骇。抓住这一瞬的空隙，那人猛地拔剑刺了过来。

这一剑宛若雷光划过。然而，达龙只是惊愕，并未掉以轻心。他抬起手中长剑挡下攻势，一翻手腕，随着一声脆响，鲁西达尼亚女性手中的剑飞了出去，在空中划出一道弧线。

鲁西达尼亚女战士失去了头盔和武器，依旧面无怯色。她深蜂蜜色的眼瞳中蕴藏着激烈的光芒。

"要杀快杀！你这异教徒！"

她朝达龙大喝。细看她的面容，虽然秀美却依然稚气未脱，最多只有十五岁，大约与亚尔斯兰同龄。达龙实在下不去手杀她。

"我也不多说了，快逃吧。"

达龙抛下短短的一句话便掉转马头正欲离去，少女却毫不领情。

"胆小鬼！居然背对着女人逃走吗！给我回来一决胜负！难道帕尔斯人都是这种无可救药的胆小鬼吗？还是说……"

少女的叫声从途中就变成了达龙听不懂的鲁西达尼亚语。达龙苦笑了一下，便要驱马离去。

突然，达龙改变了主意。他想到，这个少女这样不顾一切地奔走在战场上，难保不被无情的兵刃夺去性命。他一语不发地掉转黑马冲向鲁西达尼亚少女，从马鞍旁拿起了长枪。

看到他的动作，鲁西达尼亚少女迅速做出了反应。她并没有试图逃走，反倒努力想要捡起落在地上的剑。达龙不禁钦佩起她的坚强来，他朝少女刺出了长枪。

长枪以骇人的准头刺透了少女铠甲的前襟。达龙将全部力气都贯注在双臂上，用力一举长枪，少女的身体便离开了马鞍。一阵红潮霎时间涌上她白皙的脸庞，她在空中不住地蹬着双脚。

"放下我！太无礼了，你要做什么！"

背上一阵轻松的马儿一声长嘶，逃离了这个人类自相残杀的战场。少女在空中一边挣扎着，一边依旧毫无畏惧地厉声抗议。

"总之先把她抓起来。毕竟还是个小孩子，别对她太粗鲁。"

达龙对闻声奔来的三四名部下这样下了命令，随之将长枪微微倾斜，少女便滑落在地被生擒了。

这时，一个熟悉的声音从身后传来。军师那尔撒斯穿过混战的烟雾赶了过来。

"达龙，达龙！"

"呀，那尔撒斯。殿下平安无事。说起来，刚刚我抓到了一个有意思的猎物。"

"先别说这个，就这样继续前进，去进攻圣马奴耶尔城吧，达龙。"

"什么，你是认真的吗？"

达龙闻言吃了一惊，不过立刻理解了好友的意图。今天这场冲突乃是一个鲁西达尼亚军意料之外的突发事件，帕尔斯的大本营已经知悉端倪，但鲁西达尼亚军恐怕还蒙在鼓里。他们需要打开城门援救逃回来的同伴，帕尔斯军便可借此良机攻入城内。如果他们关紧城门对同伴见死不救，倒也别无良策，只得重新攻城，但这样也不过是回归原定计划而已。

"说回来，那尔撒斯，你什么时候丢掉了你的深谋远虑，改成看情况顺便用兵了？"

"顺便也太不好听了，至少说成随机应变好吗。"

亚尔斯兰麾下最为悍勇无匹的猛将与最为满腹经纶的智将一边说说笑笑，一边指挥着全军加快了行军的步伐。

IV

圣马奴耶尔城的攻防战，以任何人都没有想象到的形式展开了。

鲁西达尼亚人对此大为惊愕。城南扬起了滚滚烟尘。如果是从猎场归来的同伴们，似乎烟尘有些太多了——正当城中人们这样想着，成群的骑兵已经浩浩荡荡涌到了城门前。敌军和同伴混在一起，分不清来者是敌是友。

此时，倘若城主巴鲁卡西翁伯爵是一个冷酷无情的人，无论城外的友军怎么哭天唤地，他都一定会紧闭城门，以防帕尔斯军入侵。不如说，除此之外再无任何手段能够守住这座城、守住王弟吉斯卡尔殿下的命令。但巴鲁卡西翁伯爵有些迟疑——只是想象一下那些不幸的同伴被关在门外无处可逃，最终被尽数屠杀的景象，他就感到了无法忍受。而在巴鲁卡西翁伯爵迟疑不定的时候事态却仍在恶化，终于到了再也无法挽回的地步。

站在帕尔斯军最前面的达龙原本准备摆出攻城的态势，却看到城门并未关上，瞬间改变了计划。他的这份决断力与巴鲁卡西翁伯爵高下立判。

"要冲进去了，那尔撒斯！"

达龙回过头大声宣告，随即与战马一同化作一团漆黑的影子，向城中疾驰而去。他与正要逃入城中的鲁西达尼亚兵相互冲撞，推搡，将妨碍他前进的人接连斩落马下，径直冲入了城内。

城墙和望楼上响起慌乱惊愕的叫声。

"快，快关上城门！"

巴鲁卡西翁伯爵终于下了命令。领命的士兵正要挥下斧头斩断吊起城门的绳子，突然不知从哪里飞来一支利箭，霎时穿透了他的咽喉。士兵连声音都没能发出来，便一头栽下城墙。城中充斥着令人眼花缭乱的混战、怒吼和悲鸣，无论是敌人还是友军都没有任何人注意到——离城墙不远处的岩山上站着一名年轻人。露过一手百步穿杨的绝技后，他大胆地吹了个口哨，得意的神色浮现在那双深蓝色的眼瞳之中……

达龙旋转挥舞着手中沉重的长枪，将两名鲁西达尼亚骑兵从鞍上击落。城门内外都被席卷在铠甲和刀枪的旋涡之中，已经无法再关上城门了。

一名鲁西达尼亚骑士冲向达龙，下一个瞬间便被长枪贯穿了身体。势头过于猛烈，长枪从枪柄处折断了。断掉的那截长枪随着鲁西达尼亚骑士的身体一同落入烟尘之中。

失去长枪的达龙早已拔剑在手。长剑仿若看准地面上的猎物俯冲下来的老鹰一般，闪着凌厉的寒光斩断了鲁西达尼亚骑士的手臂。

鲁西达尼亚骑兵无从得知达龙这个名字，他们只是一拥而上，想要乱刀斩杀掉这个可怖的黑衣骑士，却只让达龙长剑上扬起的鲜血暴风变得更加凄厉。

帕尔斯人追随在达龙身后组成一堵盔甲的厚墙，继续向城中挺进。

"你们这些鲁西达尼亚人没有资格死在这里。帕尔斯的土地是只为了埋葬帕尔斯人而存在的。"

说出这番豪言壮语的乃是萨拉邦特。他右手持枪，左手举盾策马杀入鲁西达尼亚人之中。在恰斯姆的攻城战中没能大显身手的年轻骑士这一次干劲十足。

不知是否听懂了这句话，一名鲁西达尼亚骑士猛地挥着枪扑向他。

萨拉邦特提起巨大的长枪，一枪刺向鲁西达尼亚骑士的胸甲。他原本就力大无穷再加上对方冲来的速度，让长枪乘势贯穿了厚重的胸甲，从骑士的背后透出。

目睹了这个场面的达龙朝他大喊。

"小心，萨拉邦特！"

达龙的长枪被敌兵的身体带着一起折断了，因此他担心萨拉邦特也失去武器，暴露在危险之中。

"感谢您的忠告，达龙大人！"

萨拉邦特大声答道。他用余光瞟到从左侧跃马袭来的敌人，猛地举起盾牌，用骇人的力气砸了下去。不幸的敌兵面门吃了这一盾，登时骨头碎裂，整个人一下飞出三加斯（约三米）远，随即倒毙在地。

帕尔斯军从城门接二连三地侵入，数量越来越多，开始以达龙为中心布起了阵形。

"帕尔斯的众神啊，你们的信徒即将为收复国土而踏上战场。请赐予我们力量吧！"

帕尔斯的骑兵大叫道。

"全军突击！"

帕尔斯军开始突击。他们手中或是平举着长枪，或是挥舞着剑和战斧，马蹄踏过石板上发出震天轰鸣。鲁西达尼亚士兵们也大声咆哮着上前迎击。

很快，不管是枪还是剑还是战斧都被血一直染红到了把手，血管中喷射出的鲜血飞溅在盔甲和马鞍上。

鲁西达尼亚士兵的勇敢和信仰心一点都不输给帕尔斯兵。他们口中吟诵着神的圣名，正面迎上入城的敌军。

然而，有太多的事情不能仅靠勇气和信仰心弥补。帕尔斯军是乘势追击，人数又远胜。鲁西达尼亚军只有一万人左右，而帕尔斯军大约有十倍之多。这么多人自然不可能全部攻入城内，但是数量上带来的压力依旧不可小觑。

现在，圣马奴耶尔城内已经化作帕尔斯战士们尽情展现个人武勇的舞台了。他们用事实证明着，只要战斗条件完备，帕尔斯的战士就是大陆公路上最强的战士。更何况聚集在这里的战士，放在帕尔斯国内也个个骁勇出众。鲁西达尼亚人仿佛无力的小草般被纷纷斩杀。

巴鲁卡西翁伯爵是一位深受部下爱戴、德高望重的人物，但是很遗憾，在战场上却并不是一位名将。他的指示和命令跟不上战况进展的速度，反而导致己方陷入混乱。

信仰虔诚、忠心耿耿地守卫着圣马奴耶尔城的鲁西达尼亚士兵们，无论战况陷入了多么不利的境地都不愿弃城逃命，在帕尔斯人猛烈的攻势下接二连三地倒了下去。

战况变得更加激烈、血腥了。

V

很多人认为，圣马奴耶尔城攻城战乃是一场靠强攻进行的血洗，与精妙的用兵作战无缘。

因此，军师那尔撒斯在这场战役中的存在感相当薄弱，然而正因为他做出了绝妙的判断，才成功地将夏夫利斯坦遭遇战与圣马奴耶尔攻城战连结起来，只用了一天时间就攻下了整座圣马奴耶尔城。如果那尔撒斯没有当机立断，或许帕尔斯军在成功守住王太子亚尔斯兰之后就会鸣金收兵了。而这段时间，鲁西达尼亚军就会返回城中，闭紧城门，随即与重整旗鼓再度袭来的帕尔斯军隔着城墙对峙数日之久。

事态并没有演变成那样。虽然用达龙的话说来就是"看情况顺便"，但他当然明白事实并不如此。

除此之外还有一点。

"这座城已经无法避免陷落的命运了。对了，绝不能让城中的粮食落入异教徒的手中。虽然很可惜，但是把它们全都烧掉吧。"

一名生还的骑兵奉巴鲁卡西翁伯爵之命准备前往粮仓放火，但此时的粮仓已经被那尔撒斯占领了。城中的粮食就这样全部落入了帕尔斯军的手中。

"那尔撒斯家境那么好，却很重视食物呢。"

亚尔佛莉德吃吃笑道。在那尔撒斯看来，没有武器，可以靠智慧和双手去战斗，但没有食物，再多的智慧或是勇气都无济于事。

"王太子殿下有命。留降伏者一条性命，不杀没有武器的人。如有违命滥杀者，须以自己的性命相偿！"

当达龙充满穿透力的声音响起时，血战已经接近尾声了。仍然站在地面上的、骑在马上的，几乎都是帕尔斯人。

"不可滥杀无辜！我们乃是文明之国帕尔斯的国民。绝不能效仿鲁西达尼亚人杀害老弱妇孺，也不可肆意掠夺。务必严格遵守命令。"

"双刃将军"奇斯瓦特语带讥诮地如是宣告。他将已经结束了使命的双剑收回剑鞘，翻身下马，走近一名靠着城墙坐在地上的鲁西达尼亚伤兵身边。伤者满身是血，动弹不得，只是痛苦地喘着粗气。

"城主在哪里?"

鲁西达尼亚骑兵用憎恶的眼神瞪着奇斯瓦特,口中涌出大量鲜血,头垂了下去。他咬舌自尽了。

停在奇斯瓦特肩头的"告死天使"扇了扇翅膀。胡须光泽而浓密的奇斯瓦特一脸失望地拍拍爱鸟的翅膀。

"这些人真是可怕啊。这样看来,恐怕不会有人投降了。"

没过太久,所有的帕尔斯人就都对奇斯瓦特的这番感想产生了同感。耶拉姆原本正与王太子亚尔斯兰并肩策马前去寻找城主,却突然惊叫了起来。

"殿下,您看那边!"

亚尔斯兰顺着耶拉姆手指的方向望去,不禁屏住了呼吸。

那是一座位于城墙东南角、原本似乎被当作瞭望台的高塔。此刻,它却变成了用于投身自尽的场所。城中为数不多的女性和幼童正纷纷凄厉地惨叫着从上面一跃而下。恐怕他们觉得与其耻辱地死在异教徒的手中,不如纵身投入神的怀抱。

活生生的人们为了自寻短见,像石头一样一个个从高处落下——短短数秒之间,亚尔斯兰的思绪被这幅景象麻痹了。回过神来,他开始竭尽全力大叫。

"快停下! 不要死! 我会放你们平安离开的,所以不要死啊!"

亚尔斯兰环顾着四周的骑士们,再次大叫道:

"快拦住他们,谁快用鲁西达尼亚语劝住他们!"

"没办法，他们把塔的入口从里面堵死了。现在我们已经在破坏塔门了，可是……"

答话的是那尔撒斯，即使神机妙算如他，也有措手不及的时候。

最后一个人影跃向空中，又像石头一样笔直地坠落下去，身上的盔甲重重砸在地面上。帕尔斯人纷纷骑着马或奔跑着冲过去，一名流着血倒在地上的老人随即映入了他们的眼帘。

"伯爵大人！巴鲁卡西翁伯爵！"

人群中响起一声哀号，只见一个鲁西达尼亚人从围成一圈的帕尔斯人中冲了出来。是先前达龙用长枪吊起的那名少女。她跪在伯爵身边，努力试图抱起伯爵，一身尺寸过大而空荡荡的铠甲也随之铮铮作响。

"伯爵大人，振作一点！"

"哦，是爱特瓦鲁吗，你活着回来了啊……"

他似乎想这样说，却只勉强动了动嘴唇。圣马奴耶尔城城主的眼睑垂了下去，咽喉深处发出细若游丝般的声音，随即停止了呼吸。倘若他留在鲁西达尼亚国都担任王室图书馆馆长的话，一定可以度过安稳的一生。然而，他却远赴异国去执行了一个完全不适合他的任务，也因此迎来了一个完全不适合他的终局。

少女抬起头，眼中噙着泪水。

"是谁杀了伯爵大人！"

少女大吼着，从伯爵腰间的剑鞘中拔出长剑。她用双手举起剑扛在右肩上，摆出战斗架势，愤怒地瞪着四周的帕尔斯人。

"给我站出来。我要为伯爵大人报仇，给我站出来！"

"他是从高处落下来死掉的。你总不能砍地面吧？"

特斯面无表情地答道。他左肩上缠着的铁链已经被染得殷红。

"闭嘴！"

少女用比大多数帕尔斯人还要地道的帕尔斯语大吼着，挥舞起长剑，然而奇斯瓦特踩着行云流水般的步伐迎上前去，以迅雷不及掩耳之势夺走了她手中的剑。

"没办法了，把她绑起来。"

听到奇斯瓦特的命令，三名部下走上前来。

"你们要做什么，放开，放开我！你们这些肮脏的异教徒，神会惩罚你们的！会遭天打雷劈的！竟敢把一个骑士像绑家畜一样绑起来！"少女破口大骂，其中甚至还夹杂了马尔亚姆语，但她力量不及对方，立刻就被皮绳绑了起来。

"总之把那个少女先绑起来。王太子殿下，您觉得该怎么处置她？"

法兰吉丝一脸强忍笑意的表情。鲁西达尼亚少女看似胡闹乱来，却为帕尔斯人的内心打开了一个通风口。帕尔斯人已经厌倦了流血。被迫看到高塔上集体自杀的一幕，瞬间冷却了战斗带来的狂热，而杀戮带来的不快感依然残留在他们的心间。方才少女的行为似乎不知不觉间便将那种异样的沉重苦闷一扫而空。少女本人自然并没有意识到这些，她只是一心按照所想的去做而已。

一个与自己年纪相仿的少年的身影映入了少女的视野。少年带着困惑与好奇的目光凝视着鲁西达尼亚少女，黄金头盔在午后的阳光中闪闪发亮。那双无法立刻用语言描述的、色泽极其美丽的眼瞳，深深刻入了少女的脑海。少年开口说道："放她走也应该不会有什么问题的。给她马匹、水还有食物，然后放走吧。"

激烈的抗议声响了起来。出自少女，而非其他人的口中。

"我不能就这样回去。"

"那你要怎样？"

法兰吉丝问道。

"拷打我吧。"

"拷打？"

"对。用鞭子打我吧。用烧红的铁签刺我也没关系。水刑也可以。"

"你为什么要自找苦头？"

法兰吉丝有些诧异，她以半像捉弄但柔和的口气问道。

"我如果毫发无伤地回去，一定会被怀疑是不是被该诅咒的异教徒同情了，肯定是和异教徒串通一气之类的。为了神流血受伤、舍弃生命，是身为依亚尔达波特信徒的夙……唔，夙愿。"

少女用尽了自己所知的一切帕尔斯语，露出了挑衅的眼神。

"来，快杀掉我！否则就严刑拷打我！我才不要毫发无伤地回去！"

她双手还被捆着，一边大叫着，一边仰面朝天倒在石板地面上，双腿在空中蹬来蹬去。

"怎么了，下不了手吗，你们这些异教徒？"

平素骁勇无匹的帕尔斯骑士面面相觑，但没有一个人真的上前动手。亚尔斯兰看起来也有些束手无策，低声和达龙、法兰吉丝商量着什么。

骑士们也小声交头接耳了起来。

"哎，原来鲁西达尼亚女人都是这么凶悍难缠的吗？"

"谁知道呢，我不认识鲁西达尼亚女人，但应该是这个女孩比较与众不同吧？"

"不，或许所有的鲁西达尼亚女人都是这样。说不定鲁西达尼亚的蛮族就是因为受不了自己国内的女人，才千里迢迢跑到帕尔斯来寻找好女人的。"

众人不禁苦笑了起来。不是烈火，也不是鲜血，而是这番苦笑为圣马奴耶尔城攻城战拉下了帷幕。

VI

少女被关进了地牢。虽然没有绳索捆绑，但是从夏夫利斯坦遭遇战以来的疲劳感一股脑涌上心头，她忍不住坐在了冰冷粗糙的石板地面上。她绞尽脑汁想出了帕尔斯语和鲁西达尼亚语中所知道的一切谩骂之辞，但终究还是才尽辞穷了。

墙上的灯火轻轻摇曳了起来，证明外界的空气也会流入这座地牢。火光突然激烈地摇动。随着开锁的声音响起，厚厚的杉木大门被打开了。少女抬起腰摆出迎战的架势。虽然疲劳又饥肠辘辘，但她并没有失去精神。

走进门来的是之前那名头戴黄金头盔的少年。他此刻没有披盔戴甲，而是换上了日常的服装。一套充满清凉感的帕尔斯夏服，底色为白，领口和下摆都镶着蓝边。

他手中端着陶制的深口盘子，盘中散发着诱人的香气。

"你饿了吧。我带了炖菜过来，吃一点吧。"

"我怎么能吃异教徒的食物！"

"这太奇怪了。"

亚尔斯兰的笑容有些冷酷。

"你们鲁西达尼亚人吃的不也是从帕尔斯大地上掠夺来的小麦和果实吗？莫非不靠武力抢来的食物就不能吃吗？"

"异教徒的话我都不想听。"

她用宗教观念强行压制住自己的食欲，然而年轻而健康的肉体背叛了她的意志。少女肚子咕噜噜地大声叫了起来。她的脸霎时红到了耳根，却也无法立刻破罐破摔，只得面色不悦地沉默了下去。少年忍住笑望着少女，终于开口说服道：

"你这样想如何？对你来说，这是敌人的食物。所以如果你吃掉了这些食物，敌人用于果腹的食物就变少了。也算对敌人造成了损害。这不是很出色的战功吗？"

少女眨了眨眼睛，陷入了沉思。大约过了从一数到一百的时间，似乎接受了这种说法。

"是吗？如果我把它们吃掉，你们就会因为粮食减少而头痛了吧。"

"非常头痛。"

"好。能让你们这些异教徒头痛我就应该开心了。"

少女用仿佛一国宰相正式宣战般的态度端起了盘子。她想尽可能优雅地进食，手中的调羹却无论如何都慢不下来。香气扑鼻的炖羊肉瞬间就被少女一扫而空。她喘了一口气，似乎是为了表达感谢，清了清喉咙便报上了自己的名字。

"我是鲁西达尼亚的见习骑士爱特瓦鲁。原名是艾丝特尔，但这个名字已经被我舍弃了。"

"为什么？不介意的话，可以告诉我原因吗？"

"艾丝特尔是女性的名字。而我是骑士家族中的独苗，必须成为一名骑士，继承家业。如果我不成为骑士，祖父母、随从们和领地上的居民们都要伤脑筋了。"

"所以才来参加远征军吗？"

听到亚尔斯兰的询问，少女沉重地点了点头。

"我是作为见习骑士从祖国出征的。如果能建功立业，正式成为骑士荣归故里的话，就能让我家人放心。"

"可是你才这么小啊。论年纪只能当我妹妹吧？"

"你几岁了？"

"今年就十五岁了。"

"几月出生？"

"九月。"

"那我比你还大两个月。凭什么要被你当妹妹！"

见习骑士爱特瓦鲁——也就是少女艾丝特尔，似乎有些愤愤不平。她的视线从亚尔斯兰身上移到空盘子上，然后又移回亚尔斯兰身上，一脸欲言又止的表情。

"怎么了？"

"我想再减少一点你们的粮食。"

"啊，要再添点吗。抱歉，炖羊肉只有这么多了。但是我还带了别的食物。"

亚尔斯兰取出一个油纸包，在艾丝特尔面前摊开。薄面包、奶酪、苹果干随即出现在少女的面前。少女抓起一片奶酪，突然问道："那些骑士对你态度都很彬彬有礼，你的身份很高吗？"

亚尔斯兰犹豫了一瞬间，点了点头。少女眼中浮现出好奇的光芒。

"你见过帕尔斯的王太子亚尔斯兰吗？"

"见过。"

"在王宫里见到的吗？"

"不一定非要在王宫里。只要是有镜子的地方，随时都能看到。"

少女眨了两下眼睛，终于理解了亚尔斯兰言下之意。她瞪大的双眼渐渐恢复了正常大小，举起两根食指放在头顶左右两侧。

"异教徒的总主帅，头上应该会有两根螺旋形的角，嘴角一直裂到耳根，还长着尖尖的黑色尾巴啊？"

"啊，是吗？说不定等我长大就会有了。"

亚尔斯兰笑了起来。艾丝特尔放下双手，像是无法确认自己的心情般打量着与自己同龄的少年。

帕尔斯宫中的氛围习惯，是不是与鲁西达尼亚宫中有很大差异呢？艾丝特尔身为一名骑士，却从未有机会直接与鲁西达尼亚的国王陛下交谈过，就只有在远处和众人一起高呼过"国王陛下万岁"。原来在帕尔斯，王太子会亲自去地牢里送食物给俘虏吗？

她暗自想着，脱口而出的，却是完全无关的话语。

"我嗓子也渴了……"

"我猜到了。"

少女接过递到自己面前的皮制水壶，放到嘴边。仿佛清水不仅滋润了她的身体，也润泽了她心田的一角。

"你这个人好奇怪啊。"

"总有人这么说，虽然我自己不太理解。"

"国王或是王子，一般都是高高在上地坐在宝座上的啊。就是因为国王不像国王，帕尔斯才会遭人夺走王都的。"

少女的嘲讽中并没有蕴含着太深的恶意，亚尔斯兰却无法装作没有听到。他下意识地重新绷紧了表情。

"有一点我们要搞清楚。是帕尔斯去侵略鲁西达尼亚的，还是鲁西达尼亚来侵略帕尔斯的？"

亚尔斯兰的声音沉稳冷静，但那只是因为少年压抑了自己的愤怒。艾丝特尔也发觉了这一点，她却忍不住反驳。

"确实是我们鲁西达尼亚先侵略帕尔斯的，但那是因为你们的国家不信奉真正的神明。如果你们停止崇拜偶像和邪神，皈依唯一真神的话，就不用流血了。"

"骗人。"

亚尔斯兰斩钉截铁地答道。被如此断言，少女也不由得心头火起。

"才不是骗人。我们乃是依亚尔达波特神的信徒，无论何时都遵守神的旨意。所以才会和异教徒战斗的，不是吗？"

"如果事实如你所说，那你们鲁西达尼亚军为何会侵攻马尔亚姆王国？那个国家的人们，不是也信奉着依亚尔达波特神吗，和你们完全一样啊。"

"那是……那是因为，马尔亚姆人的信仰方式有错。"

"是谁说他们有错的？"

"是神说的。"

亚尔斯兰盯着少女的脸。

"你亲耳听到神这样说了吗？你听到过神的声音吗？就算你听到了，你又怎么知道那确实就是神的声音呢？"

"是圣职者……"

少女的声音中断了。少年加重了语气。

"侮辱神明的分明是你们自己。不，我不是在说你，我是说鲁西达尼亚的当权者。他们只是在假借神的名义，来满足自己的欲望和野心而已。"

"闭嘴！闭嘴！"

少女站起身来，眼中噙满了不甘心的泪水。她不甘心己方的正当性就这样被否定，更不甘心自己根本无法反驳亚尔斯兰所说的话。

"出去，我没什么话想和你说了。是你主动劝我吃饭的，我才不领情。"

"抱歉，我不是想高高在上地指责你。"

少女的激动，反而使亚尔斯兰恢复了冷静。

亚尔斯兰甚至有些过于坦率地道了歉，站起身来正要离去，突然又停下了脚步。

"爱特瓦鲁，你知道依亚尔达波特教的祈祷词吗？"

"当然知道。"

"那么，明天可以请你为死者献上祈祷吗？我们要埋葬敌我双方的遗体，但是鲁西达尼亚死者应该会需要鲁西达尼亚语的祈祷吧。"

艾丝特尔吃了一惊，瞬间把不甘心都抛在了脑后。埋葬敌军的遗体？

明明把异教徒暴尸荒野，让野兽吃掉，才是鲁西达尼亚军的作风。这个帕尔斯的王太子，到底有多么奇怪啊。还是说，还是说，奇怪的其实是我们鲁西达尼亚人呢？

地牢的门打开又关上了。亚尔斯兰的身影消失了，随即脚步声也逐渐远去。爱特瓦鲁——也就是艾丝特尔深深陷入了一种接近挫败的困惑之中，她再次坐在了地上。她知道，地牢的门没有上锁。不知为何，她心里明白，那并不是王子忘记了上锁。总之，明天葬礼结束之前就先乖乖待在这里吧——艾丝特尔心中这样想着，靠在了墙壁上。

第五章　国王们与王族们

I

鲁西达尼亚战败的消息仿若从东方渐渐移向西方的阳光般传到了叶克巴达那。

"圣马奴耶尔城陷落，城中的人自城主巴鲁卡西翁伯爵以下几乎尽数战死或自尽，仅有极少数伤病者被帕尔斯军救出。帕尔斯军近期似乎会离开圣马奴耶尔城……"

"又是在一天之内就被攻陷了吗。这些废物！"

吉斯卡尔失望地忍不住大声咒骂，随即轻声吟诵起了祈祷词。"亡魂啊，愿你们安息。"这并不是出于对神明的畏惧，而是出于对死者的悼念之情。姑且不提巴鲁卡西翁老人作为一名武将的能力，至少他的为人还是极其值得尊敬的。

"让那位老人去管理书籍就好了，让他去负责守城是个错误。波坦那厮独占了鲁西达尼亚、马尔亚姆和帕尔斯的书籍管理权，实在可恶。"

可是，对不在场的人的责任说长道短也没有意义。吉斯卡尔把慌乱不安的群臣召集起来，在会上首先向众人恫吓道："帕尔斯人正在逐渐逼近。他们在大陆公路上洒满了血与汗水，眼中熊熊燃烧着仇恨的火焰，誓要夺回先人留下的土地。"

波德旺、蒙菲拉特两名将军面不改色，似乎已经做好了心理准备，其他朝臣却一片骚乱。

"我要向诸位重申，这是一个关系到我们生死存亡的时刻。亚特罗帕提尼大捷以来所建立的战果，极有可能毁于一旦。希望诸位能够压抑一己之念，克服怯懦和懒惰，助我吉斯卡尔一臂之力好吗？"

吉斯卡尔若无其事地无视了王兄的存在。朝臣们齐齐点头，人群中却响起了一个有些不满的声音。

"我们有神之加护，绝无可能败给异教徒。"

"哦，所以你是说圣马奴耶尔城没有受到神的加护了？"

王弟殿下注视着无言以对的朝臣，提高了音量。

"不要轻率地随口说出神之圣名。首先尽到人事，方可受到神之眷顾。唯有拯救自我的意志，才能拨动神的心弦。"

吉斯卡尔的内心自然没有这般虔诚。鲁西达尼亚的贵族、武将、官吏、平民应当叩拜的不是神明，而是他吉斯卡尔。倘若依亚尔达波特神真的全知全能，不是早就应该把伊诺肯迪斯王变成一位明君圣主了吗。

蒙菲拉特和波德旺两名将军冷静地宣誓遵守王弟殿下的命令。其他的贵族和朝臣们也纷纷效仿他们二人宣誓。吉斯卡尔巧妙地先抑后扬，运用沉重和落落大方两种情绪使得群臣服从，增强他们对自己的信赖。吉斯卡尔心满意足地宣告散会。

"银面公子回来了。"

这个报告传到吉斯卡尔耳中时，他正准备起身离开餐桌，午餐还剩下一大半没有吃完。

"是率领着部队回来的吗？"

"他只带着骑兵一百人左右，其余部下还留在萨普鲁城。"

吉斯卡尔的左眼睑痉挛了一下。太狡猾了。他果真是把萨普鲁城当作自己的根据地吗？而且，他还看扁了吉斯卡尔，认定他现在还不会杀掉或惩处自己。吉斯卡尔火冒三丈，但毕竟也不能不见席尔梅斯。东方正有大敌步步逼近，绝不能再在西方树敌。倘若出兵迎击亚尔斯兰导致王都守备空虚之时，又遭敌人从西方偷袭，吉斯卡尔可就要作为一个不可救药的无能之辈在历史上遗臭万年了。

现身在吉斯卡尔面前的银面具恭恭敬敬地行了一个礼，但他说出的台词和语气并没有那么恭敬。

"听说鲁西达尼亚军接连丢掉了东方的要冲，安德拉寇拉斯的小杂种已经离王都只剩一半的路程了。"

"只不过是谣传。谣言自古以来便是在愚昧的温床上盛开的毒草，莫非你把它当成了名花？"

吉斯卡尔的嘲讽从银面具的光滑表面上滑落。虽然事已至此，吉斯卡尔却一直对席尔梅斯那副遮挡住表情的面具心存厌恶。从当初遇到这个银面具，被他提议征服帕尔斯以来，吉斯卡尔一直在心中暗藏着这份厌恶之情——虽然他也只能相信当事人脸上有伤痕的说辞。

席尔梅斯并不是为了挖苦吉斯卡尔而专程赶来叶克巴达那的。听闻亚尔斯兰军不断挺进，捷报频传，席尔梅斯也在西方的萨普鲁城坐不住了。他不得不承认自己的动作确实比那个"安德拉寇拉斯的小杂种"慢了一两步。

他自然是不会放弃萨普鲁城的。况且他若率领一万人以上的大军回城，也恐有遭心生疑惑的鲁西达尼亚军拒绝入城之虞。一番苦思冥想之后，席尔梅斯决定留下沙姆驻守萨普鲁城，自己返回王都。听罢吉斯卡尔的冷嘲热讽，银面具突然道出了一个非同小可的事实。

"吾之本名乃是席尔梅斯，家父名为欧斯洛耶斯。"

"什么，欧斯洛耶斯？！"

"正是第五位拥有欧斯洛耶斯之名的帕尔斯国王。家父之弟名为安德拉寇拉斯，乃是一名弑兄篡位的残暴之徒。"

吉斯卡尔大为震惊，陷入了久久的沉默。过去他也曾对部下开玩笑说"那个戴银面具的男子说不定是帕尔斯的王族呢"。但这句话一旦成真，却要另当别论。

"究竟发生了什么，可以详细讲来听听吗？"

"我正有此意。"

吉斯卡尔从席尔梅斯口中听到了一段凄惨的帕尔斯王室争斗史。兄弟为争夺一个女人而暗中争斗。弑兄。篡位。杀害侄儿未遂。这是一段血腥阴暗不亚于鲁西达尼亚历史的王朝秘史。吉斯卡尔虽然惊愕不已，但心中明白席尔梅斯说的这番话终究只是一面之辞。待到银面具说罢，吉斯卡尔又过了片刻，方才问道。

"你怎么突然肯透露自己的真实身份了，你到底在想什么？"

"王弟殿下有恩于我，希望今后也能继续与殿下携手合作谋求共同利益。此番挑明这个秘密中的秘密，正是出于我对殿下的信赖。"

鲁西达尼亚的王弟没有天真到会全盘相信银面具的甜言蜜语。

是嫉妒吗？吉斯卡尔揣测着银面具的心理。"安德拉寇拉斯的小杂种"这个称呼，已经把席尔梅斯心中所想暴露无遗。恐怕他是觉得，怎能把区区一个亚尔斯兰当作对等的竞争对手。只是现实的车轮并不理会席尔梅斯的自尊心，只顾不断向前转动。

如果事态继续这样发展，亚尔斯兰将会再度统一起帕尔斯的军队和民众，成为新的领袖、救国英雄。待到那时，就算席尔梅斯再登场主张什么王位的正统性，也没有任何人会理睬他了。就算亚尔斯兰是篡位者之子，只要他凭借自己的实力收复国土，解放国民，席尔梅斯的主张就只会成为一个笑谈，或是被民众无视。席尔梅斯恐怕是考虑到这一层，才决定趁现在亮明自己身份的吧。

这样想来，银面具这小子是觉得鲁西达尼亚人的武勇和谋略不足以抵挡亚尔斯兰的攻势吗。

吉斯卡尔表情微微扭曲了一下。这个名叫席尔梅斯的男人所思所想在各种意义上都令他颇为不悦。首先，若是强调王位的正统性，吉斯卡尔想要取代王兄登上宝座的野心不就变成绝对的邪恶了吗。

吉斯卡尔陷入了一种有些奇妙的心态。他突然想起了已被关在地牢中长达半年以上的安德拉寇拉斯王。如果安德拉寇拉斯真的是弑杀王兄坐上王位的，他不就更早实现吉斯卡尔的野心了吗。吉斯卡尔想去见一见安德拉寇拉斯，向他问个明白。他心中如此想着，开口说道："亚尔斯兰召集了四五万大军，已经攻下了原属于我军的两座城池。你能对抗他的军威吗？"

"那根本不能称作军威，小杂种不过是仗着士兵众多而已。"

"可是我认为，银面具，不，席尔梅斯大人，能够召集那么多士兵必然有其理由，而要统率召集起来的那么多士兵也需要相应的器量。"

"安德拉寇拉斯的小杂种没有任何能力。他不过是一个被部下们拥立出来便于掌控的傀儡罢了，根本提不上器量、才干等等问题。"

"原来这样，我明白了。"

吉斯卡尔点了点头，但这并不是他的真意。看到从席尔梅斯的银色面具背后射来的目光，他心中已经了然，在这件事上开玩笑或嘲讽是行不通的。吉斯卡尔也在王族教育的一环中修习过剑术，但倘若银面具激怒之下拔剑砍来，他并没有只凭单打独斗就能取胜的信心。虽然事先已经命令一队全副武装的骑士埋伏在屋外，但是也没必要特意以身犯险。

原先的确可以放席尔梅斯和亚尔斯兰去鹬蚌相争，再把这件事当作帕尔斯王位继承权之争处理，但事态既已发展至此，比起贸然玩弄伎俩，倒不如沿用当初的计划，以大军从正面击溃亚尔斯兰王太子军。吉斯卡尔想到这里，便没有作出任何承诺，先让席尔梅斯退下了。

II

"我来寻求你的帮助了。"

许久不见的客人，第一句便开门见山。

这是一间位于王都叶克巴达那的地下深处的石室，昏暗、阴冷而潮湿。堆积如山的奇书上布满了灰尘，各种用于魔道的矿物、动物、植物上都散发着瘴气，而这些瘴气混合在一起，仿若无色的毒烟充满了整个室内。在这团毒烟之中，有一名深灰色装束的男子。此人颇为年轻，乍一望去仿佛一幅古老的旧画上新添上的肖像。

"你已经返老还童，取回力量了吗？很开心吧。那么你也一定懂得我想取回国家和王位的心意了吧？"

魔道士冷静地听着席尔梅斯有些急切的话语。

"我恢复年轻和力量，是为了再次使用它们，人类的身体乃是盛放生命力的容器，容器被盛满时的状态便是年轻。一旦水位降低，再次盛满绝非易事。"

魔道士现在看上去已经和席尔梅斯同龄，或许还要更年轻些。恢复了年轻的魔道士的面容甚至可以用美丽来形容——如果说假花之美更胜真花一筹的话。乍看上去年轻美貌的男子却讲着一口古怪老人的腔调，实在是一幅怪异的画面。

"你是希望我为你重现一遍亚特罗帕提尼之战吗？"

"就算不用魔道，这种程度的想法还是瞒不过你吗？"

"知道也不代表就一定应承。在另一片土地上让亚特罗帕提尼之战重演，对我又有什么好处呢？"

魔道士语带嘲弄地明知故问，只见一道光闪过席尔梅斯的银面具表面。

"当我取回正统王位之时，必将赐予你重生十次也用之不竭的财宝。"

"谁的财宝？鲁西达尼亚军的吗？"

"原本全都是帕尔斯的。"

"是你的吗？"

"是属于正统国王的。"

魔道士低声笑了笑，结束了这段毫无意义的问答。略隔了片刻，他像是自言自语般喃喃说道。

"坦率是地上的美德，却并非地下的美德。算了，偶尔用一下还是可以的。坦率地说，我也不是对亚尔斯兰一党就全无怨恨。我有两个弟子被他们杀了。"

魔道士的视线移向昏暗的房间一角。过去那里曾有七名弟子的身影，如今却只剩下五名了。

"虽然他们还不足以独当一面，但也还算是忠心耿耿又派得上用场。我也有些伤心啊。"

五名弟子羞愧地低下了头。席尔梅斯把冷笑藏在了银色面具之中。

"安德拉寇拉斯的小杂种身边有些优秀得他配不上的家臣，一些魔道的小小伎俩是奈何不了他们的。你们就算为了自己也该除掉那个小杂种吧？"

魔道士故意摇了摇头。

"哎呀，这可不能操之过急。亚尔斯兰又没长着翅膀，不会立刻就飞到王都来的。而且，亚尔斯兰有一定程度的强势，对你也不是一件坏事嘛。"

"你是指的什么？"

"这可真是，还要我说得那么明白吗？我还以为你是个聪明人啊。"

"……"

席尔梅斯在银色面具下皱紧眉头，陷入了沉思，但他并没有花太久就理解了魔道士的言外之意。魔道士乃是说，让亚尔斯兰先与鲁西达尼亚军交战，从而削弱鲁西达尼亚军的力量。

鲁西达尼亚军占领王都叶克巴达那后，并没有什么太起眼的举动。亚尔斯兰于培沙华尔城起兵后，接连攻下两座城池，导致鲁西达尼亚军的士气和威信都相当低落。但即便如此，他们毕竟也还有着近三十万大军。如果让他们一直保存着这股有生力量，对最终要将鲁西达尼亚全军赶出国境的席尔梅斯来说还是有些棘手的。

如果亚尔斯兰和鲁西达尼亚陷入长期血战，那么席尔梅斯就可以趁这段时间夺取王都叶克巴达那。这也是鲁西达尼亚王弟吉斯卡尔暗自担心的事情。只是如此一来，也有可能发生亚尔斯兰和吉斯卡尔联手对付共同的敌人席尔梅斯这种出乎意料的事态。席尔梅斯不觉得自己此前挑明身份的做法有错，但政治一事宛如不规则的湍急水流，令人难以预料未来的走向。

"你似乎在打什么如意算盘啊。"

魔道士仿佛洞悉了一切的声音穿透了银色的面具，直接触及席尔梅斯的脸庞，让他背上泛起一阵恶寒。"王位的正统继承者"沉默着，只有双眼和面具上同时闪过一道寒光。

正如魔道士那个意味深长的笑，他确确实实是在为自己打着如意算盘——不减少自己手头的一兵一卒，而在不远的未来成为最终的胜利者。

魔道士轻声说道：

"宝剑鲁克奈巴特。"

仿若从数百万词句构成的森林之中采撷下最为光芒夺目的一

个短语，丢到席尔梅斯面前。席尔梅斯似乎大吃了一惊，颀长的身躯轻轻晃了晃，在昏暗潮湿的空气中激起漩涡。言语的含义化作听不到的轰鸣，渗入席尔梅斯全身。

"如何，只有这一句话，你就知道我要说什么了吧？"

根本不需要魔道士反复提示。

宝剑鲁克奈巴特——建立帕尔斯王国的英雄王凯·霍斯洛的爱剑，亦被称作圣剑、神剑。凯·霍斯洛正是靠这把剑推翻了蛇王撒哈克的暴政，平定了帕尔斯全境。在传说中，宝剑鲁克奈巴特乃是诸神的恩赐，守护着帕尔斯的国土、王权和正义。

在《凯·霍斯洛武勋诗摘录》之中，记载着"削铁如泥的宝剑鲁克奈巴特，由太阳的碎片锻造而成"。它正是一柄有着宝剑之形的不朽建国传说。

魔道士是在唆使席尔梅斯前去取得宝剑鲁克奈巴特。席尔梅斯的双眼——不如说是他双眼中蕴含的意志，透过银色面具放出了强烈的光芒。沉默了片刻后，席尔梅斯转过身去。

"打扰了，最近我还会再来拜访的。"

席尔梅斯的道别有些欠缺个性，他的注意力全都被其他事情吸引过去了。当铠甲的声响在黑暗中逐渐远去之时，魔道士那充满人造感的端正容貌上浮现出充满人造感的微笑。一名弟子似乎下定了决心一般动了动身体。

"师尊……"

"怎么了，说来听听，古尔干。"

"那个人真的打算潜入凯·霍斯洛的墓中去拿宝剑鲁克奈巴特吗？"

魔道士微微眯起了双眼。

"他恐怕会去拿的。不说你们也应该晓得，世上再没有任何事物比宝剑鲁克那巴德更能象征帕尔斯的王权了。"

席尔梅斯有多么强烈地为自己乃是帕尔斯的王位正统继承者，是英雄王凯·霍斯洛的子孙一事自豪啊。这件事成了他那快要被痛苦和憎恶涂满的人生之中的一线光芒。如果能够拿到宝剑鲁克奈巴特，席尔梅斯的名誉欲一定可以得到满足。

这次，另一名弟子又提出了一个疑问。这是一名叫作卡兹达哈姆的弟子。

"师尊，一天不拔起宝剑鲁克奈巴特，蛇王撒哈克大人就真的一天无法再度降临人世吗？"

"封印的力量太过强劲了，有些出乎我的意料。"

魔道士坦率承认了自己的估测有误。自从蛇王撒哈克被封印在魔山迪马邦特的地下后，又过了二十年，人们挖出了宝剑鲁克奈巴特，将其放在凯·霍斯洛的灵柩之中。在此后的三百年之中，二十块石板接连崩塌，蛇王应该已经浮到了离地表不远处。但是，只要宝剑鲁克奈巴特仍在凯·霍斯洛的灵柩之中，它的灵力就会与英雄王的魂魄相呼应，将蛇王束缚在地下。若想解放蛇王，唯有从灵柩中取出宝剑，让它的灵力远离此处一途。

"怎么样，很有意思吧？凯·霍斯洛悖逆蛇王撒哈克大人的治世，毫无自知之明地支配了帕尔斯三百余年。而现在他的子孙却要除去他所施加的封印，协助撒哈克大人再度降临人世。这实在是可笑至极。"

魔道士的弟子们似乎不像他们的师尊那么乐观。他们相互瞥了一眼，最后由古尔干代表众人发言。

"恕我冒昧，师尊，一旦让席尔梅斯那厮得到了宝剑鲁克奈巴特，我们不就再也无法牵制他了吗？"

"的确如此。我们的力量，或许无法与宝剑鲁克奈巴特的灵力相抗。"

"那么我们不就是在眼睁睁地帮助自己的敌人增加力量了吗？"

"你们也实在愚蠢。我们的力量无足挂齿，席尔梅斯的对手是蛇王撒哈克大人。凭他区区席尔梅斯的力量，怎能奈何再度降临于世的蛇王撒哈克大人？"

弟子们理解了师尊的话，纷纷欢呼了起来。全身深灰色装束的魔道士声音中蕴含着一股安静的狂热。

"一旦蛇王撒哈克再度降临，宝剑鲁克奈巴特就不过只是一把坏掉了的钥匙而已。它是无法再次封印蛇王大人的。来吧，我们要让凯·霍斯洛那厮的子孙为他祖先悖逆蛇王大人的罪孽抵罪。"

五名弟子无声无息地站了起来，以毕恭毕敬却令人不由得联想起蝙蝠的奇异动作，对他们的师尊满怀敬意地行了一礼。

III

　　吉斯卡尔最终还是无视了银面公子席尔梅斯的坦白。在理政和治军方面，有时过多的选项反而会束缚住自己的手脚，况且之前定下的计划也不能突然改变。现在最首要的任务，是让他信赖的蒙菲拉特和波德旺取得胜利。

　　夜半时分，一个骇人的计划突然闪过吉斯卡尔的脑海。他突然大笑了起来，吓得与他同床共枕的马尔亚姆女人都瞪大了茶色的眼睛。

　　"哼哼，为什么我没有早意识到这一点呢。是因为我也依然心存羞愧吗？"

　　吉斯卡尔的笑声颇为阴暗狠戾。考虑到计划的内容，这也是无可厚非的——那就是让银面具，也就是席尔梅斯去杀害吉斯卡尔的王兄伊诺肯迪斯王。

　　虽然吉斯卡尔不认为席尔梅斯会轻易上钩任由自己摆布，但倘若巧妙地刺激席尔梅斯所抱有的正统意识，煽动他去杀害伊诺肯迪斯王也并不是不可能。吉斯卡尔如是下了结论。

　　在那之后，自然不能放任杀害了伊诺肯迪斯王的席尔梅斯继续逍遥自在。杀死了鲁西达尼亚国王的人，理应由鲁西达尼亚的王位继承人对其加以惩处。王位继承人是谁呢？当然是王弟吉斯卡尔殿下了。如此一来，吉斯卡尔就得以将位于自己腹背的敌人一网打尽了。

"银面公子在哪里？"

吉斯卡尔走出寝室，向侍臣们问道。报告经由了数名侍臣以及士官之手，总算传到了吉斯卡尔面前。据报告称，银面具在夜幕降临时分便出城离去，并未在王都的宅邸中留宿。由于他自称奉王弟殿下之命出城，看守城门的士兵们也未对其加以拦阻。自然，吉斯卡尔是没有对银面具下过什么命令的。

那么，借此良机，要不要去见见被关在地牢里的安德拉寇拉斯王呢。这个念头盘旋在吉斯卡尔的脑海中。好不容易才把这个重要的俘虏的性命留到了今天，倘若只用他来满足银面具的复仇心未免太可惜了。如果将他当作道具善加利用，或许能够让原本已经分裂为亚尔斯兰派和席尔梅斯派的帕尔斯王党派进一步分裂，陷入混乱。

过去吉斯卡尔也曾有一次想见安德拉寇拉斯王，却遭到了有银假面作为后台的典狱长的阻拦。而这一次，吉斯卡尔准备带着他直属的骑士前去威吓狱卒们，强行与安德拉寇拉斯王见面。

不过，等到天亮再去就好。吉斯卡尔唤来一个名为欧拉贝利亚的骑士，命他前去追踪银假面。

"不必捉拿他，将他带回此处。只需发现他的踪迹后悄悄跟在后面，看看他到底企图做什么。"

"遵命。您看我需要带几人同行呢？"

"这就由你自己决定了。一路小心。"

骑士欧拉贝利亚拜领王弟殿下之命，接过一个装满金币沉甸甸的口袋，便匆匆离开了。

黎明降临，吉斯卡尔开始了忙于执政和军务的一天。晚餐前，他终于有了一段空闲时间，得以带着六名直属的骑士前去探访地牢。

面对吉斯卡尔巧妙的威逼利诱，典狱长虽然尚有些犹豫，但最终还是应允了他的要求。吉斯卡尔在狱卒们的带领下，沿着一条长长的、被身强体壮的骑士守卫着的楼梯走向地下。接下来，他终于见到了坐在石壁前的囚徒。

"你是安德拉寇拉斯王吧。初次见面，我乃鲁西达尼亚的王弟吉斯卡尔公爵。"

囚徒对吉斯卡尔报上的名字毫无反应。一股异味弥漫在地牢之中。那是血腥与汗水等各种各样的污物的气味混合在一起，难以用言语描述的味道。囚徒的头发和胡须都自由地生长着，衣衫褴褛，脏污不堪。右手被固定在墙面上的粗长铁链吊起，一直伸向天花板，左手则无力地垂在身侧，鞭痕和烙伤让他几乎体无完肤。他原本有着一副比吉斯卡尔更加健壮魁梧的巨大体躯，现在看来却像一头精疲力竭的野兽。

"一直都在给他饭吃吧？"

吉斯卡尔说出口，方才意识到自己这个问题有些可笑。人类是不可能在半年以上未曾进食的状态下生存的。狱卒却并没有忍俊不禁，他用仿佛已经磨尽了感情般毫无起伏的声音回答了王弟的问题。

"我们必须让他保持住耐得住拷问的最低限度体力，所以每天准时给他送两次饭。"

"哼，对于一个过惯了酒池肉林生活的国王来说，这真是太可怜了。"

感到自己的声音似乎变得有些急躁激动，吉斯卡尔不禁心生不悦。一股奇异的压迫感向他袭来。是因为这里位于地下，散发着阴暗而不祥的气氛吗。然而，安德拉寇拉斯王本人给吉斯卡尔带来的压迫感还要更胜一筹。

突然，一直保持着沉默的犯人出声道：

"鲁西达尼亚的王族，找我有什么事？"

声音中蕴含的威压感绝非寻常，吉斯卡尔不由得后退了半步，好不容易才恢复了冷静。

"安德拉寇拉斯王啊，之前我见过你的侄子了。"

"侄子？"

"正是你亡兄欧斯洛耶斯的遗孤，名曰席尔梅斯。"

"席尔梅斯已经死了。"

"呵呵，我可真是听到了一句笑话。席尔梅斯已经死了？那么，我刚才见到的又是什么人呢？"

吉斯卡尔的笑声在飞出他口中之前就被扼杀了。他眯起双眼，其中掠过紧张和疑惑的光芒。安德拉寇拉斯王的双唇在他那乱蓬蓬的黑色胡须之中异样地扭曲着。先笑起来的人是安德拉寇拉斯王。不待吉斯卡尔问他究竟哪里好笑，他便先开了口。

"鲁西达尼亚的王弟啊，你认识真正的席尔梅斯吗？就算那个戴着奇异的银面具的男人自称席尔梅斯，你又有什么办法去辨认他的真假呢？"

"……"

"只凭他自报家门就相信了吗。这么看来，鲁西达尼亚人也实在是太老实了。这么老实的鲁西达尼亚人究竟是怎样打败我们的，真让我觉得不可思议。"

作为挑衅来说，语气有些沉重了。吉斯卡尔额上渐渐渗出汗水。他绝不是一个鲁钝的人，也并不懦弱。此刻他却感到舌头和手脚有一种异样的沉重，不听自己的使唤。一道红色的光从他的脑海中划过。他想，应该杀掉面前这个男人，帕尔斯国王安德拉寇拉斯三世。应该趁现在就在这里杀掉他。

异变就发生在这一刻。

一阵剧烈的敲击声传来，众人尽皆屏住了呼吸。铁链在他们眼前飞上了半空。方才那阵奇异的敲击声，就是锁住安德拉寇拉斯王的铁链碎裂四散的声音。

"小心！"

吉斯卡尔大叫起来的瞬间，他右侧正要拔剑出鞘的鲁西达尼亚骑士惨叫着向后仰去。一瞬间，吉斯卡尔似乎看到那名骑士面上鲜血四溅，眼球迸出眼眶。随着铠甲发出的声响，骑士瘫倒在地。而与此同时第二名骑士也成了铁链的牺牲品，狂喷着鲜血厉声惨叫。吉斯卡尔周身环绕着黑暗、光芒与轰鸣，令人眼花缭乱。他的左侧、右侧，骑士们纷纷倒下。吉斯卡尔自己拔出的剑，也在离开剑鞘的瞬间便被锁链缠住了。

这一刻，室内仅余帕尔斯的国王与鲁西达尼亚的王弟一对一对峙了。

"这是从纳巴泰国传来的铁锁术，似乎是被铁链绑住的黑人奴隶为抵抗残暴的主人而创出的。"

"唔唔唔……"

吉斯卡尔呻吟着，挫败感令他的膝盖有些发软。是他掉以轻心了吗，还是把情况设想得太天真了呢？谁又能想到这名被监禁在地下牢中长达半年、连日遭到拷问的男子，还能扯断身上的铁链发起反击呢？吉斯卡尔王弟从喉咙深处勉强挤出了一丝声音。

"你，你是妖怪吗？到底是在哪里藏着这么大的力气？"

"你是指我扯断铁链的事吗？"

安德拉寇拉斯把还粘着血肉的铁链甩得叮当作响。

"与黄金不同，铁被腐蚀就会生锈。半年来我一直把汗水、小便和含有盐分的汤洒在铁链上的同一个位置，终于将它腐蚀得容易扯断了。于是……"

安德拉寇拉斯向前踏出一步，从倒在地上的鲁西达尼亚骑士手中夺过一柄剑。吉斯卡尔的脚就像被钉在地面上一样动弹不得。他以为自己就要被斩杀了。就这样死在这里了吗？这种死法也太愚蠢可笑了，不是吗。竟然如此自寻死路。

然而，国王的视线投向了另一个方向。

"狱卒们啊，给我过来。为你们对自己的国王所犯下的罪行赎罪吧。"

听闻此言，吉斯卡尔才意识到，狱卒们并没有四散奔逃。他们就像廉价的陶土玩偶一样呆呆地站在房间的一角。和吉斯卡尔一样——不，更甚于吉斯卡尔，他们被以骇人方式重获自由的安德拉寇拉斯王凌厉的气势压倒了。

狱卒们仿若被操纵着的提线人偶一样走向安德拉寇拉斯王，缩起身体匍匐在地。典狱长发出了有如已死之人一般的呻吟。

"国王啊，请放我们的妻儿一条生路……"

"好。我对你们的妻儿没有兴趣。"

剑被高高举起，再重重挥下。典狱长的头颅就像熟透的哈密瓜一样发出一声闷响被击碎了。一滴血溅上了吉斯卡尔的脸颊。

"其他的人都站起来。虽然你们罪不可赦，这次就姑且先放过你们。你们若要向我宣誓效忠，就把站在那边的鲁西达尼亚人绑起来。"

安德拉寇拉斯举起染血的剑尖，朝吉斯卡尔一指，那些捡回一条命的狱卒便露出仿佛被迷了心窍一般的眼神，从石板铺成的地面上站起身来。他们直到方才为止还在吉斯卡尔的权力和金钱下点头哈腰，现在却已然化作了一群血肉制成的提线人偶，一心只顾实行安德拉寇拉斯王之命。吉斯卡尔被数名身材魁梧手臂粗壮的狱卒团团围住，只得束手就擒，被铁链锁了起来。

"放心，我不会杀你。你是一个重要的人质。我和王妃的安全都靠你了。"

安德拉寇拉斯王用令人不寒而栗的声音缓缓说道，同时将右臂伸向已经成为他忠实臣下的狱卒们。一名狱卒从典狱长尸首的腰上解下钥匙串，打开了铐在国王右手腕上的铁圈。国王安德拉寇拉斯那暌违半年才重获自由的右手腕不仅表皮被磨破，伤已经透进了肉里，但他并没有露出痛苦的表情，只是轻轻甩了甩手。

"那么，回到久违的地面上去吧。"

语毕，他看了一眼吉斯卡尔。直到此时，国王双眼中才第一次闪现出了对被囚禁良久的愤怒之情。

"被锁起来的滋味怎么样？鲁西达尼亚的王弟不至于忍受不住吧。毕竟帕尔斯的国王都已经忍受半年以上了。哼哼哼……哈哈哈。"

IV

亚尔斯兰军在圣马奴耶尔城停留的时间极其短暂。在女神官法兰吉丝的祈祷中埋葬了帕尔斯的阵亡兵士，又在见习骑士爱特瓦鲁即艾丝特尔的祈祷中埋葬了鲁西达尼亚阵亡的军民后，众人搜集了一番粮食和武器，便迅速出城离去。

就算尸体消失了，尸臭依然会弥漫在空气之中。虽然帕尔斯人都没有那么怯懦，但那气氛仍旧令人难以忍耐。

　　倘若空城被盗贼占领当作根据地，日后恐怕会伤脑筋，因此帕尔斯军在城中放了一把火。看着城墙完全被黑烟吞噬，帕尔斯军重新开始进军。

　　帕尔斯军之中有着一群奇异的同行者。除了一个人骑在马上，其余都分别乘在三辆牛车上。大部分人都躺卧在干草或毯子上。他们是帕尔斯军从战火中救出的鲁西达尼亚人。亚尔斯兰担心将他们留下会遭到强盗或猛兽的袭击，或由于身体虚弱而丧命，因此便将他们带在军中一同前行。

　　"那尔撒斯，你会不会觉得我这样做太天真了？"

　　"我认为责难主君的乐趣十分难得，因此绝对不可滥用。"

　　听到王太子认真的发问，年轻的军师调皮地笑了起来。

　　"殿下您自己是出于怎样的考虑，而做出这个决定的呢？"

　　"我是这样想的。如果原本要死一千人，实际却可以只死九百人的话，就算只有一点点微小的差别，不是也总比袖手旁观要好得多吗。不过，这或许也只是一种自我满足罢了。也许还有其他的办法……"

　　那尔撒斯策马走在王太子身边，若有所思地望着初夏的天空。

　　"以殿下的性格，我不会对您说请不要在意。但是，既然您已经做到了目前能做到的最良之策，便不必再去顾虑别人的做法了。"

　　说得冷酷一点，鲁西达尼亚人强行夺去了帕尔斯人的土地，试图在上面建造起自己的乐园。就算女人或小孩，只要是鲁西达尼亚人，作为侵略者都该是同罪的。然而，做着那种自私美梦的乃是鲁西达尼亚的当权者，女人和小孩亦可说是被他们当作了实现美梦的牺牲品。亚尔斯兰虽然暂时还不能完全整理好自己的想法，但他的确是这样想的。那尔撒斯对此心知肚明，他恐怕认为这份天真正是王太子的优点。

自称见习骑士爱特瓦鲁的少女艾丝特尔目前也身处亚尔斯兰军中。自不必说，她并没有加入亚尔斯兰一方。她让经得起旅途劳顿的伤员、老人、孕妇、婴孩和儿童等约二十名幸存者分别乘上三辆牛车，自己则骑着马走在他们前面，依旧穿着那身过大的铠甲。

一旦婴儿啼哭起来，年轻的母亲又分泌不出乳汁时，她就拿着容器跑去粮食队里，亲手挤出水牛的奶水。虽然手法算不上多么纯熟，却是全心全意。在被帕尔斯人包围着的鲁西达尼亚人小集团中，只有艾丝特尔一人能够健康地四处奔走。现在骑士们已经尽数战死，她必须尽到见习骑士的责任——恐怕她就是下定了这样的决心才夜以继日地全力奔走着。

"那个鲁西达尼亚少女，也有点奇怪啊。"

"但她真是勇敢坚强啊。好不容易才捡回了一条命，希望她一直都能平安无事。"

无论是达龙还是奇斯瓦特，在圣马奴耶尔城攻城战的最后阶段都留下了颇为不快的回忆，即使那并不是他们的责任。而艾丝特尔的存在，让他们产生了一丝得到救赎的心情。

亚尔斯兰亦是如此。

亚尔斯兰自幼被交由乳母夫妇抚养，一直在王宫之外生活。他总在庭院或街角与同龄的孩子们嬉戏玩闹，那些玩伴之中也有平民的女儿。小伙伴们时而你追我赶，时而捉迷藏，亚尔斯兰还会把刚学会的字用滑石写在石板地上，和大家一起大声念出来。那些孩子虽然家境贫寒，但每个人都开朗、朝气蓬勃又热情。

进入王宫之后，亚尔斯兰身边再也没有精力充沛又拼命努力的女孩子了。进出王宫的尽是些盛装打扮、艳光四射的优雅贵妇，亚尔斯兰孤身一人被淹没在一种不协调感与孤独感之中。当他与法兰吉丝和亚尔佛莉德相遇之后，似乎一切都变得不一样了，而当他认识了艾丝特尔，似乎又错觉自己和昔日一同玩耍的少女们重逢了。亚尔斯兰想尽可能地为这位异国的少女做些什么。

艾丝特尔原本顽固的心情，也产生了些许变化。

总之，暂时先不去想死和复仇了。对艾丝特尔来说，现在最重要的是把这二十名脏兮兮又遍体鳞伤还无法保护自己的同胞送到更多同胞身边去。看到几千甚至上万的遗体并排在坑中被盖上泥土时，艾丝特尔希望不要再有人死去了。至少不要再有手无寸铁的平民死去了。只是，她还没有完全整理好自己的想法，还没想好具体应该怎样做。为她准备好牛车的是帕尔斯的王太子，对她提出各种建议的则是那位有着夜色长发和碧绿眼瞳的美丽异教女神官。起初艾丝特尔也因为她身为异教的圣职者而反抗过她，但她救了孕妇和婴儿，毕竟不能不心存感激。来自异教徒的恩情也是恩情。如果这些弱者被置之不理，定然只有死路一条。

"国王的宝座本身并不具有意识。根据坐在上面的人不同，它有可能成为正义之椅，也有可能化作残暴之席。既然执掌政务的不是神而是人，就不可能完美无瑕。倘若国王怠慢了为接近完美而进行的努力，便会像沿斜坡滚落一般无人拦住，加速堕落为邪恶的存在。而王太子殿下时时刻刻都在努力，这份努力被追随者看在眼里。正由于大家都认为殿下的存在无人能够取代，才心甘情愿地追随在他身旁。"

被艾丝特尔问到为何会忠心耿耿地追随这名年纪尚幼的王太子时，法兰吉丝如是回答。与此同时，被法兰吉丝问到为何会学习讨厌的帕尔斯的语言时，艾丝特尔的回答是这样的。

"我学习帕尔斯语是为了报效我的祖国鲁西达尼亚。如果听得懂帕尔斯语，我就立刻可以判断出你们这些异教徒有什么企图。一旦到了紧要关头，我也能把你们的作战方案和计策透露给同伴。你们给我小心一点。"

像是刻意说出这种招人讨厌的话一样，艾丝特尔仿佛在嘴硬地表示"谁要和你们混在一起"。

"真是个可恨的丫头。既然这么讨厌帕尔斯人就不要跟来嘛。"

亚尔佛莉德起初也曾愤愤不平过，但当她看到艾丝特尔每天为弱者竭力奔波的身影，便也无法袖手旁观了。她原本就是一个重情重义的少女，嘴里虽然念念有词，但总会去帮助艾丝特尔。

"啊，看不下去了，婴儿是要这样抱的呀。你看，抱他的人也轻轻摇一摇身体，他就会感到安心不再哭闹了。"

亚尔佛莉德过去曾在轴德族聚集的村落里照顾过小孩子。

"来，小家伙，别再哭了。脆弱的爱哭鬼可当不成厉害的盗贼哦。"

"怎么可能！这孩子会成为一个了不起鲁西达尼亚骑士。怎能去当盗贼呢！"

"如果当了骑士，爱哭就没问题了吗？"

"我可没这样说。"

看着两名少女你一言我一语地争吵着，年长的法兰吉丝忍俊不禁。

"你们两个还真是教人看不厌啊。"

这句话直译过来，就是"你们关系真好啊"。

V

雄鹰划破天际，在高空中翱翔。像是抓住白云和眩目的蓝天一样升起来，再一个翻身，便朝着山的另一方降落下去。

"好棒的鹰。"

轴德族的年轻人感叹道。这个名叫梅鲁连的十九岁年轻人，与从异国马尔亚姆渡过内海前来的伊莉娜内亲王一行人避开大路，结伴同行。

梅鲁连并不知道那只鹰有一个名字叫作告死天使，更不知道帕尔斯军就在鹰降落的山岭对面，他的妹妹正在军中逗弄着鲁西达尼亚人的婴儿。

马尔亚姆人的脚程慢得可以与蜗牛相提并论，甚至有人朝梅鲁连抱怨应该走上大陆公路加速前进。

"被鲁西达尼亚军看到也没关系的话就走大陆公路吧。"

梅鲁连冷冷说道。说到底，速度这么慢都是因为马尔亚姆人没有马，只能徒步或以轿子代步。何况他们还带了不少多余的行李，身份高的人又不习惯长途跋涉，走上几步就想停下来休息。把前进速度缓慢的责任全部怪在梅鲁连头上，他自然无法接受。

"真的非常感谢梅鲁连大人。待我见到席尔梅斯殿下，一定会让他厚礼酬谢你。"

某一次，眼盲的内亲王这样对梅鲁连说道。

"我又不是为了谢礼才护送你的。等到把你送到那个叫席尔梅斯的家伙身边，我就去找我妹妹，带她一起回村。"

梅鲁连面有愠色地答道。他也没有太生气，但是给别人留下这种印象令他感到很亏。

他也曾经想过，自己究竟在做什么？事实上，比起将异国的内亲王送到心上人的身边，他更应该先去寻找下落不明的妹妹，将她带回村子，解决轴德族族长的继承问题。明明是这样才对。真是的，我究竟在做什么啊。

他的确对伊莉娜内亲王怀有一种近似于憧憬的情愫，觉得她和调皮捣蛋的妹妹简直是天壤之别。

但那似乎又不是爱慕之情。梅鲁连觉得自己不能对她坐视不理。在戴拉姆遇到的那名独眼男子似乎那样断定，但是梅鲁连觉得他的看法太肤浅了。当然，最懂自己的并不一定就是自己。

那个独眼男子现在又在哪里旅行呢。这个念头浮上梅鲁连的脑海，他抬起头仰望着高高的天空。

与梅鲁连分开后，曾担任帕尔斯万骑长的独眼克巴多继续朝着太阳升起的方向前进。

克巴多从达尔邦内海南岸策马走向不远处的山岳地带，途中时而会经历一些日后可以当作传说素材的冒险，但对他自己来说，那些只是帮助消化的运动而已。虽然遇到别人的话，他也会想和人讲讲只有"吹牛克巴多"才能讲出来的故事。

可是，此时亚尔斯兰已经从培沙华尔城率兵出发了。留在城中的人，自中书令鲁项以下，克巴多几乎都不认识。克巴多虽然作为光荣的十二名万骑长之一名扬四方，但也不好只凭这一点就赖在城中不走。

"莫非是我和亚尔斯兰王子没有缘分吗？"

克巴多偏了偏头。如果他向南走，翻过山岭走上大陆公路，应该不久就会遇到亚尔斯兰一行人，但是他并没有那样做，于是便失之交臂了。

"算了，又没有时间限制，旅费也还充足，接下来我就往西方去吧。"

他毫不留恋地在培沙华尔城门前掉转马头，走向大陆公路。也许他认为在培沙华尔不太有希望找得到美女吧。

与此同时，还有另一个人骑着马在帕尔斯国内四处旅行。此人与克巴多恰巧相反，他才刚刚离开亚尔斯兰军单独行动。有着一头红紫色头发和深蓝色眼珠的旅行乐师在圣马奴耶尔城悄悄展示了远射的绝技后，便改变了前进方向。

他的目的地是魔山迪马邦特。他想起亚尔斯兰很在意这座山，他自己也不是全无兴趣。他现在由西往东走上的这条路，就是刚刚被鲁西达尼亚军一扫而空的大陆公路。

此外，另有一个百人左右的小集团奔跑在帕尔斯的原野上，一路上竭力避免遇到亚尔斯兰军。为首的便是一名戴银面具的骑士。自诩为帕尔斯王位正统继承者的此人，正在一身深灰装束的魔道士的唆使下奔向帕尔斯的开国之君凯·霍斯洛之墓。他想将宝剑鲁克奈巴特据为己有，向帕尔斯全境昭示自己身为正统国王的证明。

跟在他背后驱马前进的查迪一直对银面公子忠心耿耿，但对他这次的做法也抱有些许疑问。怎能把一切都寄托在传说中的宝剑上。席尔梅斯殿下毫无疑问是帕尔斯王位的正统继承人。虽然目前势力弱于亚尔斯兰，但是只要尽己所能运用策略不就好了吗。例如与鲁西达尼亚王弟吉斯卡尔一对一独处时，拔剑将其挟持为人质这样。

但是查迪没有说出口，只是跟在席尔梅斯身后策马前进。他并不知道，已经有人将他的这个想法付诸行动了。

就这样，编织成人世间的无数根线密布在帕尔斯国内，串在线上的人们抓紧这根线，彼此纠缠着。要解开每一根线，让人们来到自己应在的位置上，完成一件理想的编织品，似乎还需要再等上些时间。

不，最后也不一定就能完成。在这件编织品完成之前，只怕这些线都会先被染上血色吧。

VI

帕尔斯三百余年来的王都，现在被鲁西达尼亚人所占领的叶克巴达那，乍一看平静无波。市场仍在营业，帕尔斯人和鲁西达尼亚人虽然时有纠纷，但依旧保持着一定程度的秩序，有买有卖，吃吃喝喝，高歌喧闹。虽然鲁西达尼亚人仗着武力丧心病狂地压价，但帕尔斯人也一开始就标出高价，让侵略者的爪牙们能亏一点是一点，如此来来往往，也算是不分胜负。

在以王宫为中心的很小一片区域中，一片鲁西达尼亚小喽啰和帕尔斯人难以想象的阴云仿佛带来了隆隆雷声。

朝臣、骑士和士兵们无不面色惨白。王弟吉斯卡尔被挟为人质，犯人还是从地牢中越狱的帕尔斯国王安德拉寇拉斯。目前安德拉寇拉斯占领了位于宫中的一座高塔，王弟吉斯卡尔也被关在塔中。

"早该杀了安德拉寇拉斯那厮，就不会留下今日祸根了。唯有在这件事上，波坦大主教的强硬主张才是正确的啊。"

蒙菲拉特长叹一声，但事到如今也是悔之晚矣。

说回来，安德拉寇拉斯王的强悍也的确超过了鲁西达尼亚人的想象，令人完全难以想象他已经被铁链锁住了半年以上，其间还不断遭到拷问。安德拉寇拉斯藏身的房间门口出现了一条血路，光是有名的骑士就有十人以上遭到斩杀，牺牲在那巨剑下的士兵更是不计其数。

"在亚特罗帕提尼见到那名黑衣帕尔斯骑士时，我本以为世上不会再有那等豪杰了，可是安德拉寇拉斯一点也不输给那个黑衣骑士啊。"

波德旺打了个寒战，擦了擦额头上渗出的汗水。当然，安德拉寇拉斯能孤身一人占领王宫一角，不仅因为他的武勇，也因为他挟持了王弟吉斯卡尔当作人质。鲁西达尼亚军虽然派出了弓箭兵，但他们怕误伤到王弟，没有出箭。

如果强行闯进去，恐怕安德拉寇拉斯王就会将吉斯卡尔公爵杀死。如此对待挟持来的人质也是顺理成章的。任谁都心知肚明，鲁西达尼亚一国的栋梁不是国王而是王弟。一旦吉斯卡尔被杀，不用等到亚尔斯兰率军来袭，鲁西达尼亚军就会土崩瓦解。波德旺和蒙菲拉特在实战方面姑且不提，作为政治领袖的能力远远不及吉斯卡尔。

就算想把安德拉寇拉斯团团围住，用利刃和箭矢将他杀死，但在那之前如果吉斯卡尔先被杀了的话，就无力回天了。就算国王伊诺肯迪斯七世健在，也派不上什么用场。

"还不如被挟持为人质的不是王弟殿下，而是那个没用的废物国王就好了。那样就不管采取什么手段都不用顾虑了。"

也有人咬牙切齿地低声说道，然后又连忙开个玩笑掩饰过去。虽然没有人特意去指责，但都明白，那句自言自语完全是真心话。

蒙菲拉特和波德旺两名将军想出了一招妙计，他们一起前去那个"没用的废物国王"房间里找他谈判。

"国王陛下，请把那个名叫泰巴美奈的女人交给我们。我们准备把那个女人当作人质，与安德拉寇拉斯王交涉，救回王弟殿下。"

蒙菲拉特逼近国王伊诺肯迪斯七世。国王的脸色由铁青变得血红，再由血红变得铁青，最后变成了紫色。他内心的动摇完全显现在了脸上，却强撑着一动不动。他斩钉截铁地坚持，神明绝不允许他们将泰巴美奈当成人质，毫不让步。

蒙菲拉特忍无可忍，正待提高声音之时，波德旺却突然脸色大变，探出身体。

"首先，我们当初应该就对陛下说过，泰巴美奈是个不祥的女人。过去的事已经覆水难收了，但是现在在陛下的心中，王弟和一个异教徒的女人到底谁更重要？”

伊诺肯迪斯王被说得哑口无言。正在此时，一阵芳香飘入室内，细碎的光浮现在三个男人之间。六只眼睛一同转向同一个方向，注视着同一个人影。

帕尔斯王妃泰巴美奈，就站在通向隔壁房间的门口。

“国王陛下，就请让我泰巴美奈报答陛下的慈爱吧。我身为战败国的王妃，无论遭受多么残酷的对待都不会有怨言，我却得到了您周到的招待。”

以这句话作为开场白，年龄不详、美貌妖艳的帕尔斯王妃主动要求前去说服逃出地牢的丈夫，好让事态在更加恶化前及时收场。

“陛、陛下，不能上这个女人的当。如果放她自由地回到安德拉寇拉斯身边，可就不知道他们这对夫妻会有什么企图了。”

“说话慎重一点，波德旺！”

国王的声音尖锐而高亢，让两名将军感到仿佛有针在扎着自己的鼓膜。

“这种猜疑太卑鄙了。一个弱女子正要前往残暴嗜血的丈夫身边，试图对他晓之以理，从而解决事态。神明在上，泰巴美奈的坚强勇敢实在令我感激涕零。我想阻拦她，却明白不能阻拦，所以索性就不去阻拦了。也请两位将军能够理解我心中的苦楚。”

未等说完，伊诺肯迪斯王便泪如泉涌。

蒙菲拉特和波德旺向主君深深低下头去，在心中同样绝望地喃喃说道——不行了，已经无计可施了。

总而言之，亡国的国王与王妃就这样重逢了。

"泰巴美奈，我的妻子啊，你看起来精神不错就比一切都好了。"

听到安德拉寇拉斯王的声音，泰巴美奈脚下悄无声息地走向房间正中，灯光反射在她的薄纱外衣上。

"我从巴达夫夏公爵手中将你夺来，已经过去多少年了？这些年来，你从来没有爱过我。真是个一旦将心门紧锁就不懂得再打开的女人。"

国王周身散发出酒精的气息。不仅是因为他时隔半年第一次喝了葡萄酒，还因为他用酒把身上的伤口清洗了一番。他那乱蓬蓬的头上没有戴着头盔，身上却披着铠甲。这些都是他要鲁西达尼亚人拿来的。既然王弟吉斯卡尔在他的手上，鲁西达尼亚人对他的要求也就只得全数照办了。

"我只爱我的孩子。"

泰巴美奈声音冰冷低沉，连室内的温度仿佛都随着她的声音降低了。

"母亲爱自己的孩子是人之常情。"

听到丈夫毫不诚恳的回答，泰巴美奈突然激动了起来，她提高了声音。

"请把我的孩子还给我。把我的孩子还给我！把你夺走的孩子还给我……"

国王无视妻子的激动，转开了目光。

"我听鲁西达尼亚人和狱卒们说，亚尔斯兰从位于东方的培沙华尔城起兵，正在朝叶克巴达那进军。这难道对于身为他父母的我们来说，不是个好消息吗？"

亚尔斯兰的名字似乎并未给泰巴美奈带来任何温暖。她的激动正如同方才浮现时一般，又突如其来地消失了。泰巴美奈那仿若绢之国的白瓷雕琢而成的面庞上没有丝毫动摇。映照着灯火的薄纱外衣仿若萤火般贴在王妃柔滑的肌肤表面上忽明忽灭，与她丈夫的满身血腥形成了鲜明的对照。

"还有的是时间。"

安德拉寇拉斯在一张没有靠背的椅子上坐下，剑环和甲随之铮铮作响，在房间里回荡。

"泰巴美奈啊，我花了很长一段时间才得到了你。我花了十几年依然没能得到你的心。从亚特罗帕提尼败战后，到今日与你重逢，也经历了相当一段时间。我已经习惯了等待，慢慢继续等待就好了。"

安德拉寇拉斯王笑了，他的笑声仿若隆隆的雷声。

宽阔房间的角落里，狱卒们化身为重获自由的国王的忠实仆从，紧紧盯着安德拉寇拉斯最大的武器——全身沸腾着被俘的屈辱却无计可施，只得乖乖被铁链锁住的，直到刚才为止的征服者——鲁西达尼亚的王弟，吉斯卡尔。

向西进军途中的亚尔斯兰一行人，自然无从得知发生在王都叶克巴达那的离奇事件。

　　他们在五月结束前便接连攻下鲁西达尼亚军两座城池，打败城主的战果已经传遍了帕尔斯全境。人们似乎认为大陆公路已经是通向胜利之路了。

　　每前进一法尔桑（约五公里）便有更多同伴前来投靠。但令人啼笑皆非的是，这些人之中依然没有克巴多的身影。

　　"我军不断壮大原本是件好事，只是恐怕军师大人各种意义上都要头痛不已了。"

　　听到黑衣骑士达龙的揶揄，那尔撒斯面无表情地说道：

　　"世界上不带饭菜就想来参加野餐的人太多了。真让人伤脑筋啊。"

　　听着二人的对话，亚尔斯兰不禁莞尔。他并不知道，自己接下来就要面对一堵更高更厚的障壁。

　　五月的最后一天。鲁西达尼亚人的牛车上回响起了生命的赞歌。一名孕妇产下了一个婴儿。孕妇身体虚弱，母子都命悬一线，但是在法兰吉丝和亚尔佛莉德相助之下，婴儿总算是平安地呱呱落地了。

　　"是个健康的男孩。无论他信仰哪位神明，唯愿人们的慈悲之心，照亮这个孩子的人生之路。"

　　法兰吉丝微笑着，把婴儿连同简陋的褓褓一起交给了艾丝特尔。

艾丝特尔的泪水夺眶而出。那当然不是愤怒或悲伤的泪水。在不计其数的悲惨死亡之后，一个生命降临了。这个事实越过了国家、宗教的鸿沟，打动了见习骑士少女的心弦。

亚尔斯兰和他的军队，已经走完了通向王都叶克巴达那的三分之一路程。

……此时，帕尔斯北方广袤的草原地带上，战乱的乌云正日复一日地愈发阴沉，并朝着南方扩展。

那便是人称草原霸者的特兰王国，与大陆公路之主帕尔斯，乃是世代宿敌。

解说

来龙去脉

日下三藏（文学评论家）

本书《汗血公路》是田中芳树的历史题材英雄奇幻小说《亚尔斯兰战记》的第四卷。我想应该不会有人突然从第四卷开始读一部长篇小说，但是从本次光文社文库版第一次接触《亚尔斯兰战记》沉浸在阅读之中的读者里，应该还有人不太了解，这部长篇作品是怎样一直写下来，经历过怎样的来龙去脉吧。

田中芳树从一九八二年到一九八七年，于德间书店出版刊行了日本国产太空歌剧杰作《银河英雄传说》（全十卷）（目前与全五卷外传一同收录于创元 SF 文库）。这部以爱称《银英传》闻名于世、脍炙人口的作品，开篇朴实无华，但是通过读者们的口口相传，收获了众多年轻读者的支持，在最后四卷出版刊行的一九八六、一九八七年备受瞩目。正篇完结后开始制作的 OVA 系列也收获了极高的评价，二者相互影响，使得《银英传》销量长盛不衰，如今不仅成了作者的代表作，还在娱乐作品中确立了"全新古典文学"的地位。

一九八六年于角川文库出版刊行的《亚尔斯兰战记》，便是这样的田中芳树的第二部长篇作品。起初，角川书店邀请他执笔时，希望他能再写一部太空歌剧，但鉴于作者本人"在《银英传》之中把一切想写的内容都写完了，所以想写写其他题材"的强烈意向，新作品最终被决定为英雄奇幻题材。

角川文库版《亚尔斯兰战记》的出版详情如下：

1　王都烈焰　1986 年 8 月 25 日

2　真假王子　1987 年 3 月 25 日

3　落日悲歌　1987 年 9 月 25 日

4　汗血公路　1988 年 8 月 25 日

5　征马孤影　1989 年 3 月 5 日

6　风尘乱舞　1989 年 9 月 25 日

7　王都夺还　1990 年 3 月 25 日

8　面具军团　1991 年 12 月 10 日

9　旌旗流转　1992 年 7 月 20 日

10　妖云群行　1992 年 7 月 20 日

这部小说每一卷由五章构成，其中必定有一章的标题是四个汉字组成的短语，而这个汉字短语便被直接沿用为这一整卷的标题。全书的标题就由这种别致的设计方案所统一。作者本人也曾在角川文库版《真假王子》的后记中写道："我完全能够料想到，如果一直采用这种做法，过不了太久就会很辛苦。然而在这世上毕竟也存在着自己掐住自己脖子的乐趣。"正如他所说的这样，从写作一方的角度看来，这种制约实在是相当严格，但正是这种绝不草率对待每一个小标题的认真执着，才是创作者大显身手之处吧。

顺带一提，在这部角川文库版《真假王子》的后记中，还预告了《汗血公路》《王都夺还》《蛇王再临》这三部续作的标题。到第七卷《王都夺还》亚尔斯兰夺还王都叶克巴达那，登基成为帕尔斯第十九代国王为止是第一部，此后描写亚尔斯兰作为国王战斗的后半部分则是第二部。在第二部继续出版了三卷后，本系列的版权被移交给了光文社。

> 1·2　王都烈焰·真假王子　2003 年 2 月 25 日
>
> 3·4　落日悲歌·汗血公路　2003 年 5 月 25 日
>
> 5·6　征马孤影·风尘乱舞　2003 年 8 月 25 日
>
> 7·8　王都夺还·面具军团　2003 年 11 月 25 日
>
> 9·10 旌旗流转·妖云群行　2004 年 2 月 25 日
>
> 11　魔军袭来　2005 年 9 月 25 日
>
> 12　暗黑神殿　2006 年 12 月 10 日
>
> 13　蛇王再临　2008 年 10 月 10 日

已出版的部分每两卷合订成一册，装订为新书尺寸，于 Kappa Novels 再度刊行。此后新问世的三卷也继续由 Kappa

Novels 出版刊行（二〇一三年五月，现在）。此系列后来又再次被收录于光文社文库，每卷装订为一册发行，而本书便是其中的第四卷。

在最早期的预告中，全书预计将有十到十五卷；在第一部完结时的预告中，第二部将与第一部一样共有七卷，全书总共由十四卷构成。然而，考虑到目前的剧情进度，下一卷应该还不会完结。只是，正如作者反复申明"没有永不结束的故事"一般，结局已经构思完成了，剧情也即将迎来最高潮，从这一点推测，本书大约将会于第十六或十八卷完结。

从角川文库版起接触本作已有二十年以上的读者们，从 Kappa Novels 开始接触本作的读者们，都从心底期盼着能够读到最终卷的那一天。当然，从本次光文社文库版开始接触本作的读者们追着已经出版面世的部分，不知不觉就也会成为其中的一员。而笔者也作为一名热心读者，期待着通向大结局的续篇。

角川文库版《亚尔斯兰战记》的宣传语是"大型英雄浪漫传奇""历史英雄浪漫传奇"，从未用过"英雄奇幻"这种说法。究其原因，乃是由于加上"奇幻"一词会导致滞销，因而版权方如此要求，但从现在看来简直恍若隔世。

日本作家着手创作英雄奇幻小说，是从一九七八年高千穗遥所著的《美兽》系列，一九七九年栗本薰所著的《豹头王传说》系列开始的。但是前者在一九八五年才终于出版了单行本，《亚尔斯兰战记》第一卷则是一九八六年问世的。在当时的情况下，角川书店的负责人想回避奇幻小说这个称呼，恐怕也是无可厚非的。

一九八六年，红白机专用游戏软件"勇者斗恶龙"第一部发售，这类游戏随即广受欢迎，奇幻游戏书也同时流行了起来。注意到这个潮流的角川文库举办了多次奇幻小说展销会，奇幻题材转瞬间便风靡了年轻的一代。

从角川文库诞生了水野良的《罗德岛战记》这种大受欢迎的佳作，并于一九八九年独立出了面向年轻读者、由漫画家和动画人士负责插画的品牌 Sneaker 文库。在富士见书房，创刊了杂志《Dragon Magazine》和新品牌富士见 Fantasia 文库，大陆书房也创刊了以奇幻作品为主的大陆 Novels，冰川玲子、竹河圣、茅田沙湖、五代优、深泽美潮、神坂一等众多作者接连崭露头角，在一九九〇年代前半掀起了一股奇幻小说的热潮。而构成这股热潮核心的各大品牌继续发展下去，就进化成了现在的轻小说（现在的轻小说题材更加多样化，有学院题材、恋爱题材、推理题材等等，但具有奇幻要素的作品依旧占据了主流地位。在轻小说新兴时期，市面上出版的作品绝大部分都是奇幻小说和动画的小说化）。

毋庸置疑，这部《亚尔斯兰战记》正是为这股奇幻小说热潮，甚至可以说为后来轻小说的繁荣打下了基础的作品之一。一部拥有这般历史地位的小说，自初次出版面世至今已经过了二十多年，今日依然是一部脍炙人口的娱乐作品，实在令人惊异不已。

究其理由，单纯明快的"有趣"一言即可蔽之。然而世间大多数娱乐作品都会随着时间推移渐渐陈旧黯淡下去，田中的作品却成了极少数的例外，这又是为什么呢。——我想这是由于田中芳树是一位"描写历史的作家"吧。

也有人会说，作者擅长的中国历史题材姑且不论，这部《亚尔斯兰战记》怎么看都是奇幻小说吧。那么如果换种说法——他在用"历史小说的写法"来描绘奇幻作品，您就能理解了吧。即使在作者凭想象创作的架空世界之中，角色们编织出的令人眼花缭乱的有趣剧情，也只会让读者们更加身临其境地感受到那个世界的"历史"。而在作品中插入年表、后世历史学家视点的记述，都正因为这就是作者所说的"架空历史小说"。

可以这样说，前作《银河英雄传说》虽然以宇宙为舞台，但它也是一部描绘了宏大历史潮流的叙事诗。作者本人也曾在访谈中说过："我心里明白，自己在《银英传》中想写的是架空历史小说，所以《亚尔斯兰战记》就只是把舞台从宇宙中转移到地面上。总而言之，我认为只是时间、空间产生了移动，本质并没有发生变化。"

这种"架空历史小说"的形式此前也是有过先例的。活跃于日本国产科幻黎明期的光濑龙创作的宇宙题材小说，就正是这种形式。光濑创作的诸如《墓志铭2007年》《宇宙救助队2180年》《理想国5100年》等在标题冠有年号的科幻作品被称作"宇宙年代记"，其中时常会插入来自遥远未来的历史学家唯·阿弗典格利所著《星际文明史》的引文。这种做法，与田中芳树的《银河英雄传说》相同。——如此说来，光濑龙后来也很擅长非科幻的历史小说。

若问是不是只要使用了这种写法，无论谁都能写出不再陈旧过时的小说，答案当然是否定的。既然是在一张白纸上从零开始编织故事，作者对剧情处理的分寸自然决定了整部作品中的味道。田中芳树的情况是描绘的剧情极其正统。以清晰易懂、品味高雅的叙述，将仿佛浓缩了古今东西"有趣的故事"之中精华的角色造型、故事展开娓娓道来。田中芳树最大的特征，便是同时兼备使读者们安心的熟悉桥段，与出乎读者预料的绝妙展开，并使二者同时成立。他简直就是一位天生的小说作家。

愿大家能够细细咀嚼着与田中芳树降生于同一个时代的幸运，全心全意地享受这部作品。